Martina Bick

Liebe auf den zweiten Blick

rütten & loening

Martina Bick

Liebe auf den zweiten Blick

Eine Sylt-Geschichte

rütten & loening

ISBN 978-3-352-00679-1

Rütten & Loening ist eine Marke der Aufbau Verlag GmbH & Co. KG

1. Auflage 2015

Einbandgestaltung www.buerosued.de
Gesetzt aus der Minion Pro durch Greiner & Reichel, Köln
Druck und Binden CPI – Clausen & Bosse, Leck
Printed in Germany

www.aufbau-verlag.de

Kapitel eins

Immer grüner und immer flacher wurden die Wiesen und Weiden, die die Bahnlinie zwischen Bremen und Hamburg durchschnitt. Wenn man zwischen den Böschungen und Wäldchen einen Blick in die Weite zu werfen vermochte, konnte man wirklich weit sehen. Bedrohliches Dunkelgrau ballte sich über dem Horizont zusammen, vor allem im Norden, oder dort, wo Annika den Norden vermutete. Ihr Orientierungssinn war allerdings nicht besonders gut ausgeprägt. Sie wandte sich um und sah über den dunklen Schopf ihres Sohnes hinweg auf der anderen Seite des Zuges aus dem Fenster: grün, grün, grün, so weit das Auge reichte. Nur hier ohne düstere Wolkengebilde.

Sie strich Mattis über den Kopf. »Alles gut, mon petit?«

Mattis nickte. Er hatte nicht am Fenster sitzen wollen, weil er dann nur zu einer Seite hätte hinausgucken können, hatte er in Münster entschieden, als der ICE endlich mit nur sieben Minuten Verspätung in den Bahnhof gerollt war. Tatsächlich saß er seit nun schon fast zwei Stunden still und brav auf seinem Platz und schaute abwechselnd rechts und links auf die vorbeiziehende norddeutsche Tiefebene. Er stellte keine Fragen, er wollte nicht beschäftigt werden. Nicht mal seine Pixibücher wollte er anschauen, und er erhob auch keine Ansprüche darauf, vorgelesen zu bekommen. Er hatte kein Nintendo-Spiel und natürlich auch noch kein Handy. Mattis war fünf! Aber viele andere Kinder aus der Kita hatten sowohl Handy als auch Nintendo und wer weiß, was noch alles. Mattis war ein super Kind. Er las gern, konnte sich ziemlich lange allein beschäftigen und war trotzdem kein notorischer Einzelgänger. Nur wilde Spiele machten ihm Angst. Lieber saß er mit seinem Freund Pedro zusammen und spielte mit der Eisenbahn oder mit dessen Carrera-Bahn. Oder sie klebten Fußballbilder in Alben oder malten stundenlang Gutscheine, mit denen sie dann irgendwelche Alltagsszenen nachstellten. Mattis schlief sogar meist lange genug, sodass Annika ausschlafen konnte, wenn sie nicht zu spät ins Bett ging. Nur die Trennung von Pascal hatte er noch nicht verkraftet. Täglich fragte er nach ihm, obwohl er ihn doch früher auch nicht täglich gesehen hatte. Trotzdem konnte man es sich als alleinerziehende Mutter besser kaum vorstellen. Besser wäre es nur gewesen, wenn ihre Ehe gar nicht gescheitert wäre.

Der Gedanke an Pascal versetzte ihr noch immer einen Stich. Sofort sah sie ihn wieder vor sich, am liebsten so wie damals, als sie sich kennengelernt hatten an der Uni. Er, der frisch angekommene, niedliche Franzose mit den holprigen Deutschkenntnissen, und sie mit ihren Freundinnen, die sich immer in einer Arbeitsgruppe trafen, um sich kichernd über ›ihre kleinen Franzosen‹ auszutauschen. Tandem-Unterricht nannte man das: Franzosen, die Germanistik, und Deutsche, die Romanistik studierten, wurden in gemeinsame Kurse gepackt und aufeinander losgelassen. Das Ergebnis: allein in ihrem Bekanntenkreis drei deutsch-französische Ehen. Und bisher war nur ihre, Annikas, nach nur fünf Jahren im letzten Herbst gescheitert.

Und darum saß sie nun hier im Zug von Münster nach Sylt, unterwegs zu einer Mutter-Kind-Erholungskur mit dem Müttergenesungswerk, statt mit ihrem Mann in Palavas-les-Flots oder in den Cevennen Ferien zu machen, mit ihm in Montpellier oder Paris zu leben oder sonst wo in der Welt herumzureisen, wie sie es sich immer gewünscht hatte. Ausgebrannt und zu müde für ihre einunddreißig Jahre, hatte ihre Hausärztin befunden, und die Erholungsreise medizinisch befürwortet. Nicht krank, aber deprimiert und wütend, mutlos und wild entschlossen zu allem und nichts – so empfand Annika sich selbst, darum hatte sie den Antrag bei der Krankenkasse dann auch wirklich gestellt. Obwohl sie eigentlich keine Lust hatte auf andere Mütter und deren gestörte Kinder in einem drittklassigen Erholungsheim an der windigen Nordsee. Und an alledem war nur Pascal Schuld.

Pascal war nach einem Semester zurück nach Montpellier gegangen, um sich von nun an nur noch seiner Musik zu widmen. Eigentlich hatte er Lehrer werden sollen, aber die Lehrerausbildung war in Frankreich so sehr stark reglementiert, dass er mit seinem Hang zur Träumerei bald die Regeln gesprengt hatte. Das Auslandssemester in Deutschland hatte daran auch nichts retten können. Er war einfach kein Pädagoge, noch viel weniger ein Wissenschaftler. Er wurde auch kein Kulturwissenschaftler, er war ein Künstler. Er schrieb wunderschöne Gedichte, auf Französisch und bald auch auf Deutsch, er verfasste Songtexte, Balladen, witzige, traurige und freche Lieder. Er hatte eine tolle Stimme und kannte sich bestens aus in der deutschen Poesie. Mit seiner Klampfe spielte er alle Hits der politischen Liedermacherszene der 1980er und 1990er Jahre. Statt seine Pflichtkurse in der Literatur des Mittelalters oder Linguistik zu besuchen, nahm er Gesangsunterricht und übte stundenlang Gitarre. Schon immer hatte er eigentlich nur Musik machen wollen, sich nur nicht getraut, daraus einen Beruf zu machen. Das Studium hatte er nur seiner Eltern zuliebe begonnen. Als sie dahinterkamen, dass er sein Studium abgebrochen hatte und Musiker werden wollte, drehten sie ihm den Geldhahn zu. Er gab sein Appartement in Montpellier auf und zog in die alte Farm seiner Großeltern in den Cevennen, die seine Eltern später einmal als Ferienhaus ausbauen wollten. Verbissen übte er Gitarre und schrieb viele gute Songs. Schließlich gründete er mit ein paar Freunden eine Band, die bald in den Städtchen der Umgebung ganz gut ankam.

Annika war noch ein paar Semester in Münster geblieben, sie telefonierten viel, skypten und schrieben sich lange E-Mails. Dann besuchte sie ihn immer öfter in Frankreich und fuhr schließlich die ganzen Semesterferien über hin. Annika reiste für ihr Leben gern, am liebsten nach Frankreich. Sie liebte es, sich früh am Morgen in Münster in den Zug zu setzen und über Köln nach Paris zu fahren, dort mit der Metro vom Gare du Nord zum Gare Montparnasse zu wechseln, unterwegs in einem kleinen Bistro einen ersten französischen Café zu trinken oder ein kleines Business-Lunch einzunehmen, an einem einzelnen Tisch, an dem man wie die anderen Pariser rasch eine Plat du jour verspeiste und dazu ein Vichy Wasser trank oder auch ein kleines Glas Rosé – das allein war schon eine Reise wert. Dann stieg sie in den TGV und war am frühen Abend in Nîmes, wo Pascal sie mit seinem alten deutschen VW-Bus am Bahnhof erwartete und auf die Farm fuhr. Immer weniger wichtig schien ihr das trockene Romanistik-Studium. Auch sie konnte sich nicht vorstellen, Französischlehrerin zu werden, wozu also den Masterabschluss machen? Sie schaute sich in Uzès, der nächstgrößeren Stadt, nach Jobs um – es gab durchaus Möglichkeiten. Sie hätte gleich bei einem Bäcker anfangen und Baguettes verkaufen können. Auch Kindermädchen wurden immer gesucht, und sicher gab es im Sommer gute Jobs in den Hotels und in der Gastronomie. Sie würden auch von den Erträgen ihres Gartens leben können. Es gab riesige Feigenbäume auf der Farm, sogar ein paar alte Olivenbäume, und im Wald wuchsen jede Menge Blaubeeren, nach denen man sich nur bücken musste. Sie würden Gemüse anbauen und vielleicht sogar ein paar Tiere haben. Und dann war da ja auch noch Pascals Band.

»Du kannst auch Übersetzungen machen«, hatte Pascal optimistisch gemeint. Und sie hatten gleich angefangen, all seine Songtexte ins Deutsche zu übersetzen. Zusammen hatten sie nächtelang darüber gebrütet und viel dabei gelernt. Pascal sprach zwar eigentlich ganz gut deutsch, und er hatte – außer wenn er deutsche Lieder sang – immer diesen zauberhaften französischen Akzent, so dass Annika sich schon deshalb immer wieder aufs Neue in ihn verliebte. Ihr Französisch dagegen war ganz akzentfrei. Und das sagte nicht nur Pascal. Die Sprache lag ihr einfach, sie klang ihr wie Musik in ihren Ohren, und sie sang sie nach wie ein Kinderlied. Sie konnte schon immer gut andere nachmachen und überall mitsingen.

So zog Annika also zu Pascal auf die Farm. Sie hatte sich an der Uni in Münster exmatrikuliert und damit erst mal alle Brücken hinter sich abgebrochen. Sie könnte später einmal wieder einsteigen und ihren Abschluss nachholen, erklärte sie ihrer Mutter, die sich furchtbar aufregte und sich große Sorgen um ihre Zukunft machte. Aber die vergaß sie bald, als sie hörte, dass Pascal und Annika heiraten würden.

»Mein Kind heiratet«, hatte ihre Mutter begeistert ausgerufen. »Meine kleine Anni … aber warum musst du dafür so weit weggehen? Und wovon wollt ihr leben?«

Letzteres fragten auch Pascals Eltern ständig. Annika und Pascal hatten jedoch nicht nur heiraten gewollt, sondern heiraten »gemusst« – wie man es früher genannt hätte. Als sie dies ihren Eltern endlich mitteilten, verstummten die Vorwürfe eine Zeitlang. Pascals Eltern waren vollkommen überrumpelt. Und Annikas Mutter hatte nur gesagt, dass sie ihr dabei dann aber nicht helfen könne. Aber das hatte Annika auch gar nicht gewünscht.

Die Hochzeit fand still und leise auf dem Standesamt in Nîmes statt. Keine große Feier mit Champagner, Festessen und vielen Gästen, keine Fotos in den Jardins de la Fontaine, wo wie am Fließband samstags die Hochzeitspaare für die Fotografen posierten. Keine Hochzeitsreise in die Karibik, keine Flitterwochen. Sie waren einfach zurück in die Cevennen gefahren und hatten versucht, sich vorzustellen, wie es sein würde, hier demnächst zu dritt zu leben.

Die folgende Zeit war Annikas glücklichste gewesen. Glücklicher war sie natürlich noch über die Ankunft von Mattis, aber das erlebt man als Mutter ja meist noch etwas anders. Es ist ein tieferes Glück, ein Kind zu bekommen, ein Glück, das gemischt ist mit Angst und Schmerzen, geprägt von dem unvorstellbaren Wunder der Geburt eines neuen Menschen. Es ist tiefer und umfassender als das Glück einer jungen Ehe, ihrem Flitter und ihrem Glanz, den Schmetterlingen im Bauch und der Euphorie der Verliebtheit, die hoch oben im Kopf stattfindet und von dort hinaussprüht in die ganze Welt. Das Glück der Mutterschaft kam für Annika aus dem Bauch und führte eher nach innen, es erdete sie, mit all seiner Verantwortung und seinem Gewicht.

Ungefähr ein Jahr lang war alles gut gewesen. Dann hatte die Krise begonnen – schleichend, wie ein Gift, das in sie einsickerte. Annika wusste noch immer nicht, warum sie sich plötzlich voneinander entfernt hatten. War es von ihr ausgegangen oder von ihm? Innerlich waren sie einfach nicht mehr füreinander erreichbar gewesen. Pascal war anfangs noch da, jeden Tag und jede Nacht, er nahm sie in den Arm, strich ihrem Sohn über den Kopf, sie liebten sich oft, saßen viel zusammen und redeten oder bauten gemeinsam an dem alten Haus herum – aber sowie seine Band rief, sprang er in den alten VW-Bus und war verschwunden. Die Band probte oft tagelang in Montpellier oder Nîmes, wo sie Übungsräume hatten. An den Wochenenden gaben sie immer öfter Konzerte, kleine und größere Auftritte auf Festivals, Dorffesten, sie spielten Tanzmusik oder machten Sessions in Clubs mit anderen Musikern. Und Annika blieb immer öfter allein mit Mattis auf der Farm in den Bergen und wartete.

Pascal schlug vor, dass sie wieder in die Stadt zogen, vielleicht nach Paris, zumindest dann, wenn er mehr Erfolg mit seiner Band haben würde. Aber Annika wollte nicht in Paris leben. Nicht mit einem kleinen Kind.

Im dritten Jahr ihrer Ehe fingen sie an zu streiten und versöhnten sich danach nicht wieder. Sie konnten auch nicht darüber reden, was mit ihnen geschah. Im vierten Jahr hatte die Band ihren Durchbruch und bekam einen richtig guten Plattenvertrag. Das war das Ende ihrer Ehe.

Von nun an war Pascal ständig verreist. Im letzten Frühjahr war sein Vater gestorben, und er hatte seine Mutter eingeladen, zu Annika und Mattis zu ziehen, solange er weg war. Erst half es ein bisschen gegen die Einsamkeit. Pascals Mutter war nett und freundlich, und sie liebte die Gartenarbeit, die Annika nicht lag, wie sie bald hatte feststellen müssen. Sie hatte nicht die Ausdauer und Kraft, die ein südfranzösischer Garten erforderte, und außerdem machte die Hitze ihr zu schaffen, nicht nur im Hochsommer. Ihre Schwiegermutter konnte ganz gut mit Kindern umgehen. Und Mattis liebte sie natürlich innig. Er kam in die École maternelle, eine Art Vorschule, die nach zwei Jahren in die Grundschule überging. Von nun an war er täglich viele Stunden dort, brauchte Annika kaum noch, das war praktisch und pflegeleicht, nur nicht für eine Mutter, die sowieso keine Arbeit und keine Aufgabe hatte. Natürlich gab es nirgendwo Übersetzungen, die darauf warteten, dass Annika Gosch aus Havixhorst bei Münster sich mit ihnen die Zeit vertrieb. Beim Bäcker oder in der Gastronomie zu arbeiten hatte keinen Sinn. Es war zu schlecht bezahlt, und sie hätte nicht zu Hause sein können, wenn Mattis sie brauchte. Also lebte sie von Pascals Einkünften, was ihr nicht Recht war. Sie hatte zwar ein altes Auto, aber kein Ziel, wohin sie fahren konnte, sie hatte keine Freunde hier und nichts und niemanden, der sich um sie scherte. Sie war in einer Sackgasse gelandet, im schönsten Südfrankreich, dort, wo andere Leute Urlaub machten, bei herrlichstem Wetter. In einer einsamen, langen, lauen Sommernacht, in der erst die Mauersegler und später die Fledermäuse ums Haus flogen und die Grillen nicht aufhörten zu zirpen, musste sie sich endlich eingestehen, dass sie mit ihren neunundzwanzig Jahren nirgendwo angekommen war. Und dass es so nicht bleiben konnte.

Es dauerte noch eine Weile, bis sie den Mut und die Kraft aufbrachte, dieses Leben zu beenden und den Mann, den sie nicht mehr liebte, zu verlassen. Eines Morgens im letzten September – Pascal war nach ein paar Wochen Sommerpause, in denen er aber auch kaum auf der Farm gewesen war, mit seiner Band wieder auf Tour gegangen – war sie in ihren alten Peugeot gestiegen, hatte Mattis mit einer fadenscheinigen Ausrede aus der Vorschule geholt, auf dem Rücksitz festgeschnallt und war mit leichtem Gepäck losgefahren Richtung Deutschland. Und seitdem war sie nicht wieder zurückgekehrt.

Die zwei kleinen Kinder, die seit Osnabrück in der Bankreihe vor ihnen gesessen und sich unentwegt leise gestritten hatten, wurden nun von ihrer Mutter gemeinsam auf die Toilette geführt. Der Zugführer kündigte an, dass man demnächst den Bahnhof Hamburg-Harburg erreichen würde und dass der Zug hinter dem Hamburger Hauptbahnhof weiterfahren würde nach Kiel. Sie würden direkt umsteigen können in einen IC nach Sylt.

»Sylt«, sagte Mattis leise, als hätte er Annikas Gedanken verfolgt. »Schreibt man das mit einem Ü?«

Das Ü beschäftigte Mattis ständig, denn in der französischen Vorschule hatte er schon fleißig Buchstaben schreiben gelernt, nur ein Ü und ein Ä und ein Ö kamen dort nicht vor. Nun studierte er die Schriftzüge auf Litfaßsäulen und Plakaten, Überschriften von Zeitschriften und Zeitungen, immer auf der Suche nach Umlauten. Er versuchte auch schon, die deutschen Bücher zu lesen, die er geschenkt bekommen hatte. Aber auch dort interessierten ihn vor allem die Umlaute.

»Nein, mein Schatz. Mit einem Ypsilon.«

»Warum nicht mit Ü?«

»Das weiß ich nicht. Wir werden auf Sylt danach fragen. Vielleicht wissen die Sylter es aber selbst nicht.«

»Was ist denn das, ein Sylt?«

Annika zuckte die Achseln. Wenn ihr kleiner Schlaumeier aus seinen Träumereien aufwachte, waren seine Fragen meistens besonders penetrant. Das hatte er von seinem Vater. Fragen stellen war auch bei ihm beliebt, Antworten finden dagegen war nicht seine Stärke gewesen.

Zwischen Harburg und Hamburg-Hauptbahnhof blieb der Zug zu Mattis' größtem Vergnügen direkt auf einer der Elbbrücken stehen. Das ganze herrliche Panorama der Stadt lag vor ihnen, bedroht von einem immer dicker werdenden, grauschwarzen Wolkengebilde, das sich womöglich jeden Augenblick in einem gehörigen Unwetter entladen würde. Nachdem Annika ihrem Sohn alle Gebäude und Schiffe und Kirchturmspitzen benannt hatte, die sie zuordnen konnte, sah sie auf ihre Armbanduhr – in drei Minuten würde ihr Anschlusszug nach Westerland abfahren.

»In fünfundfünfzig Minuten erreichen Sie den nächsten Zug nach Westerland auf Sylt von diesem Bahnsteig aus«, verkündete der Bahnbeamte in breitem Hamburgisch, während er von ärgerlichen Fahrgästen umringt wurde. »Gehen Sie mal inzwischen in Ruhe ein Fischbrötchen essen.«

Zwei dunkelbraun gebrannte Damen in weißen Hemdblusen und weißen Jeans, die von hinten erheblich jünger wirkten als von vorne, schimpften wie die Rohrspatzen. Sie schleppten schwer an ihren dicken Koffern und drängelten sich vor Annika und Mattis auf die Rolltreppe. Sylter Publikum, dachte Annika und fasste Mattis' kleine Hand fester. Mit der anderen ließ sie ihren gemeinsamen großen Ziehkoffer keinen Moment lang los. Mattis trug nur ein bisschen Spielzeug und seine Regenjacke in seinem Kinderrucksack auf dem Rücken. Wenig Gepäck für drei Wochen mit Mutter und Kind auf der Insel ... aber Annika hatte das Angebot des Müttergenesungswerks, ihre Koffer ein paar Tage vor der Reise abholen und direkt nach Sylt schicken zu lassen, zu spät gesehen.

»Mama, guck mal«, krähte Mattis, als sie den Bereich mit den verschiedenen Restaurationen im Hauptbahnhof betraten. Während Annika am Fruchtsaftstand von *Mr. Clou* stehen blieb, riss er sich los und lief voraus. »Da steht unser Name: *Gosch*!« Er griff nach ihrer Hand und zerrte sie zu dem Fischstand. In großen roten Leuchtbuchstaben prangte ihr Name über dem Stand. Annika hatte bei ihrer Heirat ihren Mädchennamen behalten, denn Pascals Familienname, Huyghet, war für Deutsche unaussprechlich, während Gosch in Frankreich zwar ungewöhnlich war, aber gut verständlich. Auch Franzosen konnten ihn leicht aussprechen – manchmal verstand jemand »Gauche«, links, das hatte Annika sympathisch gefunden. In Deutschland allerdings dachte kein Mensch an eine linke Gesinnung, wenn er ihren Namen hörte, sondern höchstens als diese überall präsente Fischladenkette.

Sie kaufte Mattis, der normalerweise nur mühsam zu einem Fischstäbchen zu überreden war und frisch gefangenen, direkt am Meer gekauften, auf dem Grill gebratenen Fisch kategorisch ablehnte, ein Fischbrötchen. Den eigenen Namen im Bahnhof groß und rot angeschrieben zu finden, schmeichelte seinem neu entdeckten Identitätsgefühl ungemein. Lange blieb er vor dem Stand stehen, betrachtete die Fischstücke, die auf der dicken Eisschicht hinter Glas ausgestellt waren, und nagte andächtig und nachdenklich an seinem Brötchen, während Annika sich bei *Mr. Clou* einen Smoothie aus Erdbeeren, Pfefferminze, Banane und Spinat mixen ließ, der hervorragend schmeckte und ihre Laune wieder hob. Dann kaufte sie am Bäckereistand eine Tüte trockene Brötchen, denn bis zur Ankunft in der Mutter-Kind-Klinik in Westerland lagen noch einige Stunden Zugfahrt vor ihnen, und wer konnte schon wissen, ob und was es dort heute Abend noch zum Abendessen geben würde.

Als sie wieder auf den Bahnsteig hinabstiegen, hatte sich dort ein großer Pulk Frauen mit einem noch größeren Pulk quirliger Kinder versammelt, die alle auf den Zug nach Westerland warteten. Einen Moment lang kämpfte Annika mit dem Impuls, mit der Rolltreppe wieder hochzufahren und mit dem nächsten ICE zurück nach Hause zu fahren. Aber dann seufzte sie, rollte ihren Koffer an den Kindern und der Frauengruppe vorbei und postierte sich mit sicherem Abstand zu ihnen hinter dem Schaffnerhäuschen. Sie beschloss, so zu tun, als gehöre sie gar nicht dazu.

Kapitel zwei

Beim Umsteigen in Elmshorn fanden sich endgültig alle Mütter und Kinder zusammen, die in das Mutter-Kind-Kurheim *Sonnenblick* in Westerland fuhren. Sie hatten alle ähnlich große, unförmige Rollkoffer neben sich stehen, trugen regen- und winddichte bunte Jacken für sich und ihre Kinder über dem Arm, und ihre Frisuren waren schon jetzt vom Wind und vom Reisefieber zerzaust. Die Kinder hockten auf ihren Kinderkoffern, an denen Plüschtiere und Stoffpuppen baumelten. Sie schauten missmutig auf die Bahngleise, wo der Anschlusszug auf sich warten ließ, während die Mütter sich miteinander bekannt machten und erste biografische Details auszutauschen begannen.

Annika ließ ihren Koffer bei der Gruppe stehen und schlenderte mit Mattis an der Hand zum Ende des Bahnsteigs. Was man von der Stadt Elmshorn sehen konnte, war so langweilig und hässlich, dass man sich mit dem Sightseeing hier nicht lange aufhalten würde. Eine Lokomotive gab es auch nicht zu bewundern, also schlenderte sie langsam wieder zurück. Ihr grauste vor den Gesprächen, die nun anstanden: dem »Bei mir ist es soundso« und »Bei mir ist es genauso« und dem »Bei mir ist das ganz anders« und vor allem dem »Meiner ist soundso« – wobei »meiner« sowohl den Gatten als auch die Kinder meinen konnte. Sie kannte diese Art Gespräche schon von den deutschen Spielplätzen, die sie in Münster mit Mattis frequentiert hatte. Hier gab es ja keine Oma, die ihr das abnahm. Pascals Mutter hatte sich in Frankreich viel um Mattis gekümmert. Aber ihre eigene Mutter, die sich zwar sehr über das Enkelkind gefreut hatte, hatte nun, wo sie im selben Haus wohnten, so gut wie gar keine Zeit für Mattis. Seit Vaters Tod wohnte sie allein in dem großen Haus in Havixhorst und fuhr täglich nach Münster, wo sie seit dreißig Jahren an einem großen Schulkomplex als Deutschlehrerin arbeitete.

»Ich werde dir nicht viel helfen können«, hatte sie gleich noch einmal klargestellt, nachdem Annika ihr ihren Entschluss mitgeteilt hatte, sich wieder in Münster niederzulassen. »Du kannst gern bei mir im Haus wohnen, Platz haben wir ja genug. Aber aufs Kind aufpassen kann ich nicht, ich bin voll berufstätig.« Und dann war die übliche Leier gefolgt, die Annika schon kannte, solange sie zurückdenken konnte: das anstrengende Lehrerleben, die vielen Klassenarbeiten, die zu korrigieren waren, die Abiturvorbereitungen, die Elternabende, die Ferien, die man so dringend brauchte … Annika war ein Lehrerkind, sie kannte jede Zeile dieser Litanei. Und es stimmte ja auch – ihre Mutter arbeitete wirklich viel. Neben ihren Unterrichtsstunden war sie Behindertenbeauftragte der Schule, Vertrauenslehrerin, sie leitete eine Theater-AG und hatte außerdem eine Literaturgruppe mit ihren ehemaligen Kommilitoninnen, für die sie immer Berge von Büchern lesen musste. Ihre Mutter hatte nie Zeit, so war das schon immer gewesen, schon als sie selbst Kind war, und so war es auch noch heute. Mattis hing trotzdem zärtlich an seiner Oma Elga, wie er sie nannte. Sie hieß Helga, und das H hatte dem kleinen Halbfranzosen anfangs Probleme bereitet. Inzwischen konnte er es perfekt aussprechen, aber Oma Elga war geblieben.

Trotzdem war es praktisch, dort zu wohnen. Annika hatte die ganze obere Etage des Einfamilienhauses für sich. Ihr eigenes Kinderzimmer war Mattis' Spielzimmer, sie schlief im ehemaligen Gästezimmer, und das Zimmer von Alexander, ihrem jüngeren Bruder, war eine Art Wohnzimmer für sie beide. Dort standen ein großer Tisch mit vier Stühlen, ein Fernseher und eine gemütliche alte Couch. Wenn Alexander, der zurzeit als Juniorprofessor mit sciner Frau und seinen beiden Kindern in den USA lebte, mal zu Besuch käme, würde es allerdings eng werden. Aber vor Weihnachten war damit nicht zu rechnen. Und bis dahin hatte Annika längst eine eigene Wohnung in Münster gefunden, das war jedenfalls ihr Plan.

Als Annika und Mattis wieder bei den Frauen ankamen, wurden sie schon fast wie Fremde angesehen. So schnell formierte sich eine Gruppe … Annika beeilte sich, allen die Hand zu schütteln und ihren und Mattis' Namen zu nennen. Mattis schaute schüchtern auf die Erde und verzog gefährlich den Mund. Er war ängstlich in Gruppen, aber er würde sich schon an die vielen Leute gewöhnen. Ein etwa gleichaltriger Junge bot ihm sein Spielzeugauto an, das Mattis zwar nicht annahm, nur misstrauisch beäugte, aber damit war die gefährliche Klippe schon genommen. Ein paar Minuten später standen die beiden Jungs schon wie alte Freunde am Bahnsteig und jubelten dem einfahrenden Zug zu, während Annika in Kurzform den Lebensweg der Mutter des Jungen erfahren hatte, die Sabine hieß, aus Schwäbisch Hall kam und noch zwei weitere, größere Kinder hatte, die zu Hause bei ihrem Mann geblieben waren. Die dritte Frau in ihren Grüppchen hatte eine bildschöne, schon ziemlich erwachsen wirkende Tochter, die aber erst dreizehn war und von ihrer Mutter als »frühreif« bezeichnet wurde. Die Mutter hieß Sally, war rundlich, strohblond, mindestens zehn Jahre älter als Annika und sah eigentlich noch etwas älter aus, denn ihre

Haut war schlaff und blass, während ihre Augen himmelblau strahlten und ihr großer, sinnlicher Mund ständig in Bewegung war. Sie war von einer Herzlichkeit und Direktheit, der man sich kaum entziehen konnte. Wider Willen ließ Annika sich anstecken von ihrer Geschwätzigkeit und registrierte mit Schrecken, dass sie schon zwanzig Kilometer hinter Elmshorn einer Wildfremden ihr halbes Leben erzählt hatte. Als Sally mit ihrer Tochter auf der Toilette verschwand, atmete sie tief durch und ließ erst mal die Schultern wieder sacken. Wie anstrengend! Dieses Gerede erinnerte sie an früher, an die Schulzeit. Wie lange hatte sie nicht mehr an die Schulzeit gedacht? In Frankreich hatte sie nie etwas an ihre Kindheit und Jugend erinnert. In Frankreich war alles fremd, exotisch, anders gewesen. Das war der Reiz, aber es war auch eine Härte gewesen. Sie war die Fremde gewesen, immer und überall. Hier war sie nun wieder eine von allen, Deutsche unter Deutschen, ein unauffälliges Durchschnittsmädchen mit dunkelblondem Haar, früher mal schlanker, seit Mattis' Geburt eher vollschlanker Figur, ohne besondere Talente, aber auch ohne besonderen Makel, einer ganz normalen Familie aus Westfalen entstammend. Sie war immer eine mittelgute Schülerin gewesen, ihre Eltern waren nett und aufgeschlossen, und sie war glücklich und zufrieden mit ihrem beliebten jüngeren Bruder in einem Einfamilienhaus mit Rasensprenger und Hollywoodschaukel aufgewachsen. Sie war nie auffällig gewesen, und das fand sie auch gut so. So hätte es auch weitergehen können, wenn es nach ihr gegangen wäre, auch hier und heute, in dieser sich formierenden Müttergenesungsgruppe. Sie war verheiratet, wie viele von ihnen, aber in Scheidung lebend – auch nichts Besonderes, wie sich schnell herausstellte.

»Ich bin schon zweimal geschieden«, stellte Sally klar, als sie von der Toilette zurückkam. »Meine erste Ehe ist direkt den Bach runtergegangen, hat nur zwei Jahre gehalten. Daraus muss man sich nichts machen. Beim nächsten Mann war es auch nicht besser!« Dann lachte sie, und die vier Frauen aus der benachbarten Sitzgruppe fielen ein, denn den letzten Satz hatten sie alle gehört.

»Dann bist du ja sicher schon auf der Suche nach dem nächsten Mann«, stellte die dunkelhaarige Mutter eines groß gewachsenen schmalen Knaben fest, der ihr so ähnlich sah, dass er ihr gegenübersaß wie ein Spiegelbild. »Ich bin Ruth, das ist mein Sohn Maik.«

Annika reichte beiden die Hand. »Ich bin auch alleinerziehend. Schon lange, das hat was«, fügte sie hinzu und sah Annika über den Gang hinweg tief in die Augen.

»Tatsächlich«, brachte Annika nur heraus. »Ich bin aber gar nicht auf der Suche. Ich muss mich erst mal an die neue Situation gewöhnen.«

»Du hast in Frankreich gelebt? Interessant. Ich liebe Paris.«

»Ja, Paris.« Annika lächelte. Paris hatte leider mit dem südfranzösischen Landleben nicht viel gemein. »Ich habe im Süden gelebt, in der Nähe von Nîmes, in den Cevennen.«

»Und was hast du dort gemacht?«

»Nicht viel«, sagte Annika. »Ich habe dort meinen Sohn bekommen. Wir haben auf einer alten Farm gelebt. Ich habe ein bisschen übersetzt.«

»Das Hausfrauenmodell ist ja schon lange abgelaufen. Ist das in Frankreich anders? Ich habe nur sechs Wochen ausgesetzt, als Maik geboren war. Bin gleich wieder eingestiegen in den Job.«

»Wo arbeitest du?«

»In einer großen Zuliefererfirma für die Autoindustrie. Ich bin Controllerin.«

Annika hatte keine Ahnung, was man sich unter einer Controllerin vorzustellen hatte. Es klang nach Arbeitsaufsicht, langen Zahlenkolonnen und penibler Überwachung von Listen und Computerausdrucken. Vom richtigen Leben, Arbeit in »richtigen« Firmen hatte Annika nie etwas mitbekommen. Sie war immer nur auf Schulen und Universitäten gewesen, zu Hause war es nur um Bildungspolitik und Pädagogik, Wissensvermittlung und Unterrichtsplanung gegangen. Einmal hatte sie in den Schulferien in einem Edeka-Markt gejobbt, das war lustig gewesen. Aber auch langweilig und anstrengend. Nach Feierabend hatte sie die abgelaufenen Lebensmittel mit nach Hause nehmen dürfen, was ihre Mutter gar nicht gefreut hatte. Sonst hatte Annika bisher nichts vom »richtigen« Berufsleben kennengelernt.

Ruth sah herbe aus, vielleicht war sie lesbisch und deshalb alleinerziehend und nicht »auf der Suche«? Oder war das ein Klischee? Sie trug ihr dunkles glattes Haar halblang, sehr modisch geschnitten. Vermutlich verdiente sie eine Menge Geld mit ihrem Job. Sie war sehr schlank, fast mager, und ihr Leinenjackett und die dunklen Jeans waren so elegant, dass sie sie bestimmt auch im Büro tragen konnte. Ihr Sohn trug die gleichen Hosen, darüber allerdings eine Jeansjacke über einem schwarzen T-Shirt mit einer Aufschrift, die man jetzt nicht lesen konnte. An beiden war nichts Verspieltes. Ruths Blick aus ihren grauen, schmalen Augen war nüchtern, sachlich und irgendwie stechend. Ihre Finger ruhten lang und weiß wie Operationswerkzeuge auf den schmuddeligen Lehnen der abwetzten Sitze der NOB. Maik hatte denselben ruhigen, hellgrauen Blick und dieselben langen, weißen Finger wie seine Mutter.

Annika fröstelte, sie war müde und hungrig. Sie fand die vielen neuen Bekanntschaften um sie herum plötzlich tröstlich – offenbar war sie nicht die Einzige, deren Leben schon einen Riss bekommen hatte. Natürlich wusste sie, dass es viele Frauen gab, denen es nicht viel anders ging als ihr. Aber es war doch interessant und eine Entlastung, ein paar von ihnen persönlich kennenzulernen. Zu Hause kam sie sich wie aussätzig vor mit ihrer gescheiterten Ehe, ihrer abweisenden Mutter und den wenigen Freundinnen von früher, die sich längst anders orientiert hatten und alle gerade in heilen Beziehungen lebten. Hier fingen sie alle bei null an. Sie waren sich alle fremd, waren alle ein bisschen allein, müde und kaputt von ihrem Alltag, der mit jedem durchratterten Kilometer der Eisenbahn weiter hinter ihnen zurückblieb. Auf sie alle warteten ein paar sommerliche Wochen fern vom Alltag auf einer abgelegenen Insel, umspült von der brausenden Nordsee, die sie wie ein Schutzwall von ihren Problemen und Sorgen daheim in Münster, Schwäbisch Hall, Bremen oder Hamburg abschotten würde. Sie würden nur die Sonne und den Strand, die gute frische Luft, viel Schlaf und hoffentlich gutes Essen genießen, und alles andere weit hinter sich lassen können.

Während der Zug langsam über eine hohe Eisenbahnbrücke über den Nord-Ostsee-Kanal kroch, was die beiden Jungs neben ihr nutzten, um die Schiffe auf dem Kanal zu zählen, ließ Annika ihren Blick über den weit aufgespannten blauen Himmel schweifen. Die finsteren Gewitterwolken hatten sie längst hinter sich gelassen. Stattdessen hatten sich schneeweiße Wolkengebirge am Horizont wie Kulissenwände voreinandergeschoben, eins höher und duftiger als das andere. Sie schwebten leicht wie Schaumbaisers über den Himmel oder zogen majestätisch und opulent ihre Bahn, wie Segelschiffe, die man nicht so leicht einholen konnte. Aber das wollte Annika auch gar nicht. Sie wollte niemanden einholen, sich nirgendwo vorbeischummeln, sie wollte mittendrin sein und bleiben in ihrem Leben. In ihrem ganz eigenen Leben, das niemandem anders mehr gewidmet war, nur sich selbst und ihrem Sohn. Nein, sie war nicht auf der Suche nach irgendwem, diese Zeiten waren vorbei. Sie war jetzt nur noch auf der

Suche nach sich selbst, nach ihrem eigenen Lebensprogramm.

Die Fahrt über den Hindenburgdamm hatte Annika sich viel aufregender vorgestellt. Links und rechts der Bahnlinie erstreckten sich erst weite Böschungen, dann die Wattlandschaft – grauer Morast und glitzernde Wasserflächen, so weit das Auge reichte. Am Licht merkte man, dass man sich nicht mehr auf dem Festland befand: es hatte eine andere Intensität, war gleißender, so als würde es nun ohne Filter vom Himmel strahlen oder irgendwie reflektiert werden. Annika weckte Mattis, der an ihrer Seite eingeschlafen war und schwer und warm auf ihrer Hüfte ruhte.

»Aufwachen, mon petit, wir sind jetzt bald da.«

Dass Mattis bei dem Lärm schlafen konnte, den die anderen Kinder in dem Zugabteil veranstalteten, war ein Wunder. Der Gang lag voller Bonbonpapier und leeren Safttüten, alle ruhigen Spiele waren gespielt, alle Bücher gelesen, und auch die kleinen elektronischen Spielzeuge waren langweilig geworden auf der langen Bahnfahrt. Über drei Stunden waren sie nun schon unterwegs von Hamburg, und viele kamen von noch viel weiter her. Annika hatte breites Bayrisch oder Fränkisch gehört. Sally war wieder auf ihren Platz ihr gegenüber zurückgekehrt und plauderte mit einer skandinavisch aussehenden Schönheit, an deren Hosenbeinen sich links und rechts ein drolliges Zwillingspärchen – ob Mädchen oder Junge konnte man noch nicht sagen – anklammerte. Sie sprach mit einem aparten Akzent, vermutlich war sie Dänin, so genau kannte Annika sich mit den nördlichen Ländern nicht aus. Sie war noch nie dort gewesen.

Endlich schienen sie auf der Insel angekommen zu sein. Die ersten Häuser tauchten links und rechts der Bahnlinie auf, hübsche rote Backsteinhäuschen, manche inmitten herrlich üppiger Bauerngärten, viele hinter hohen Hecken verborgen. In der Ferne tauchten Wohnblocks und Hochhäuser auf, die Skyline von Westerland?

Die Frauen fingen an, ihr Gepäck zusammenzusuchen, den Kindern Regen- und Windjacken überzustreifen, die kleinen Rucksäcke aufzuschnallen. Annika war plötzlich ganz aufgeregt: Wie es wohl aussah auf der berühmten Insel, und wie wohl ihr Quartier war, in dem sie nun drei Wochen lang leben würden? Von ihren Mitbewohnerinnen hatte sie ja nun schon einen Eindruck bekommen. Fast alle Frauen und Kinder in diesem Zug schienen zur Mutter-Kind-Kur ins Haus »Sonnenblick« zu fahren, sie hatten alle dieselbe Anreisezeit genannt bekommen und kamen alle mit demselben Zug an.

Endlich stand der Zug still, und die Türen wurden geöffnet. Möwengekreisch empfing sie, es klang, als würde man sie zur Begrüßung kräftig auslachen. Quälend langsam quollen die Frauen mit ihren Koffern und den vielen kleinen Kindern auf den Bahnsteig, Annika blieb sitzen, bis der Stau sich auflöste. Mattis aber hielt es nicht aus und drängelte sich vor, sprang auf den Bahnsteig und war verschwunden, ehe Annika ihre Siebensachen zusammengerafft und sich bis zur Zugtür vorgearbeitet hatte. Ihr Rucksack war schwerer, als bei der Abreise, dabei hatten sie doch jede Menge Proviant und Getränke daraus verbraucht. Von der Zugtür aus spähte sie unter den wimmelnden Kindern und Erwachsenen auf dem Bahnsteig nach Mattis aus. Der Bahnsteig lag im Freien, war nur im vorderen Bereich mit einem Regendach in der Mitte der Bahnsteige versehen. Es war ein Kopfbahnhof, natürlich, wohin sollte die Fahrt von hier aus auch gehen? Endstation Sehnsucht, hinter dem Bahnhofsgebäude lag Westerland und dahinter der Strand und die Nordsee. Von hier aus ging es nur noch per Schiff weiter.

Das grelle Licht stach ihr in die Augen, sie legte ihre Hand schützend an die Stirn. Dann sah sie Mattis neben den anderen Kindern vor einem Ponywagen stehen, auf den Gepäck aufgeladen wurde. Ob es ihre Koffer waren, die dort abgeholt wurden? Das wäre eine nette Geste. Die Kinder waren natürlich vor allem von dem dicken Pony begeistert, das sich bereitwillig streicheln und berühren ließ.

»Darf ich Ihnen helfen?«, hörte sie plötzlich jemanden hinter sich fragen. Sie hatte gar nicht gemerkt, dass noch jemand im Zug war außer ihr. Sie drehte sich um und starrte auf die Knopfreihen von zwei dunkelgrauen Jacketts, offen stehende weiße Hemdkragen und freundlich lächelnde Gesichter, die zu zwei Herren gehörten, die aus den hinteren Waggons vorgelaufen waren. Der hintere Herr war etwas älter. Er hatte einen warmherzigen Blick, ein glatt rasiertes, breites Gesicht, und sein rotblondes, lockiges Haar, das sehr kurz geschnitten war, wich über der Stirn schon weit zurück. Der vordere, jüngere Mann trug sein dichtes dunkles Haar ebenfalls kurzgeschoren. Er hatte eine spitze lange Nase und ein fliehendes Kinn unter dem kleinen Mund. Er zeigte auf Annikas großen Koffer und ihre Hände, in denen sie ihren Rucksack und ihre und Mattis' Jacke hielt.

»Oh, danke, das wäre sehr nett.«

Der Jüngere schwang ihren Koffer aus dem Zug und sah zu, wie sie selbst herauskletterte, ihren Rucksack schulterte und die Jacken über den Arm legte. Er lächelte.

Sie griff nach ihrem Koffer. »Das war wirklich sehr nett, vielen Dank.«

»Nichts für ungut«, sagte er und tippte sich an eine imaginäre Dienstbotenmütze.

»Schöne Ferien«, meinte sein Kompagnon, der ruhig hinter Annika stehen geblieben war.

»Danke, gleichfalls«, sagte Annika, obwohl die beiden nicht nach Ferien aussahen. Sie trugen kein Gepäck, nur kleine, schwarze Lederkoffer.

»Wir haben immer Ferien«, sagte der Jüngere und grinste. Seine Augen verschwanden dabei ganz hinter der großen Nase. Er sah aus wie eine Kasperlepuppe. »Wir arbeiten hier«, fügte er hinzu.

Annika lächelte und linste hinter den beiden zum Ponywagen auf der Suche nach Mattis. Sie wusste nicht, was sie noch sagen sollte, und nickte noch einmal zum Abschied. Der Jüngere machte einen Schritt rückwärts und winkte, sein Kollege hatte sich bereits in Richtung Bahnhofshalle in Bewegung gesetzt. Dann drehte auch er sich um und ging mit langen, elastischen Schritten am Bahnhofsgebäude vorbei, während Annika sich nach rechts wandte und ihren Koffer zum Ponywagen zog, wo er sogleich ergriffen und auf die Ladefläche gehoben wurde. Der Kutscher schnalzte mit der Zunge, das Pony setzte sich in Bewegung und zog zur Freude der Kinder den Gepäckwagen in einem gemütlichen Schritttempo vom Bahnhof aus in die Stadt und bis zu der Straße, in der das Ferienheim lag.

Kapitel drei

Ich begrüße Sie alle ganz herzlich hier auf der schönen Insel Sylt in unserem ›Haus Sonnenblick‹ und wünsche Ihnen, dass Sie hier die Ruhe und Erholung für sich allein und zusammen mit Ihren Kindern finden können, die Sie sich wünschen und sicherlich alle dringend brauchen.« Frau Leuwerik machte eine bedeutungsvolle Pause, legte ihre Zungenspitze an die Zähne und schaute in die Runde.

Alle Mütter bis auf zwei, deren Kinder noch nicht eingeschlafen waren, hatten sich um einundzwanzig Uhr im Speisesaal um die beiden langen Tischreihen versammelt, nippten an ihren Begrüßungscocktails aus frisch gepresstem Orangensaft, Sanddornsirup, Eiswürfeln, einem Schuss *Friesenfeuer* – das war der selbst gemixte Kräutertrunk einer Kollegin – und einem Spritzer Selter. Einige waren so müde und erschöpft, dass sie nur noch den Kopf in die Hände stützten und ergeben auf die weiße Tischdecke starrten, in der Hoffnung, bald zu Bett gehen zu können. Andere hatten die Beine auf dem nächstfreien Stuhl abgelegt und lehnten sich bei ihrer Nachbarin an. Alle waren schon mehr oder weniger gut miteinander bekannt, einige hatten rasch Freundschaften geschlossen oder kannten sich schon von zu Hause und hatten die Reise gemeinsam angetreten. Jedenfalls waren schon beim ersten Abendessen Stühle und Plätze frei gehalten und

Tischgemeinschaften verteidigt worden, und bei der Zimmervergabe hatte man auch schon spüren können, wo sich die ersten Seilschaften in der Gruppe gebildet hatten.

Annika hatte ein sehr hübsches Zimmer nach Norden bekommen. Sie mochte keine direkte Sonne im Schlafzimmer, nahm dafür gern den Nordbalkon in Kauf. Es gab ein schmales Bett mit einer sehr komfortablen Matratze, einen Nachtschrank, einen kleinen Tisch mit zwei Stühlen und zwei Regalen darüber für ihre und Mattis' Bücher und Spielsachen. Mattis' Bett lag hinter einer kleinen Ecke, so dass er fast ein eigenes Zimmerchen hatte, nur ohne Tür.

»Damit die Kinder abends nicht gestört werden, wenn Sie noch lesen oder Licht brennen wollen«, hatte Schwester Beke, die jede Frau einzeln in ihr Zimmer brachte, ihr erklärt. Sie war wie eine richtige Krankenschwester in eine dunkelgraue Tracht mit weißer Schürze und Haube gekleidet, was sehr vertrauenswürdig aussah. Auf Nachfrage erzählte sie, dass sie Diakonissenschwester sei, aber den Krankenhausdienst gegen die Arbeit im Mutter-Kind-Heim getauscht habe.

»Ich wollte mal eine Weile mit mehr Gesundheit zu tun haben nach vielen Jahren Krankendienst«, sagte sie der kleinen Gruppe, zu der auch Annika gehörte, die sich im zweiten Stock auf dem Flur versammelt hatte. »Ich habe viele Jahre in einer Lungenheilstätte auf Norderney gearbeitet. Das war nicht immer ganz leicht. Es gab viele Schwerkranke, die immer wiederkamen. Bis sie irgendwann nicht mehr kommen konnten. Seit vierunddreißig Jahren arbeite ich auf den Inseln. Ja, das ist eine lange Zeit.«

Die Frauen waren beeindruckt. Sogar die Kinder schwiegen, hatten Respekt vor ihrer Tracht und der weißen Haube.

Und dann öffnete Schwester Beke nacheinander die Türen zu den hellen, freundlichen Zimmern, in denen die

Frauen in den nächsten drei Wochen mit ihren Kindern schlafen würden. Jedes Zimmer verfügte über ein Duschbad, außerdem gab es im Keller noch eine Saunalandschaft mit Whirlpool und mehrere Wannenbäder, in denen sie auch Anwendungen erhalten konnten. Die sanitären Anlagen wirkten wie das ganze Haus zwar sauber und ordentlich, aber ziemlich altmodisch und so, als hätte man an vielem nur herumgeflickt.

»Ich hoffe, Sie hatten schon Gelegenheit, sich das Haus von oben bis unten in Ruhe anzusehen«, fuhr jetzt Frau Leuwerik, die Heimleiterin, fort. »Wenn nicht, machen Sie es morgen früh, oder Sie lassen sich von einer meiner Kolleginnen alles zeigen. Wir sind immer für Sie da – das ist unser Motto«, sagte sie – mit Nachdruck auf dem »Sie« – und sah die Frauen der Reihe nach an. Einige müde Köpfe hatten sich inzwischen gehoben, man war beeindruckt von der freundlichen Begrüßungsrede. Bisher hatte es noch keine Ermahnungen gegeben, wie man das von früher kannte – von Klassenreisen, Schullandheimen und anderen Institutionen. Frau Leuwerik vermittelte eher den Eindruck einer Beschützerin als den einer Heimleitung, der es vor allem daran gelegen war, ihre Hausordnung durchzusetzen.

»Wenn Sie die Ärztin«, sie zeigte auf eine sympathische mittelalte Frau links von ihr, die sie zuvor als Frau Dr. Stemmann, Allgemeinmedizinerin, vorgestellt hatte – »oder die Therapeutin«, sie zeigte auf die sehr junge Diplompsychologin Frau Nickel – »oder mich selbst sprechen möchten, füllen Sie einfach abends oder wann immer Sie wollen am Empfang das Formular dafür aus, und am darauffolgenden Tag bekommen Sie von uns einen Termin. Sie können natürlich auch immer und jederzeit an meine Tür klopfen. Ich werde dann vielleicht nicht sofort Zeit für Sie haben, aber wir vereinbaren einen Termin. Bei meinen Kolleginnen ist es besser, nicht direkt ins Behandlungszimmer zu gehen und womöglich bei einer Behandlung zu stören; für die beiden wählen Sie dann bitte das Formular. Oder Sie sagen unserer Schwester Beke Bescheid, die kümmert sich auch sehr gern um Sie!«

Frau Leuwerik war schlank, braun gebrannt und wirkte viel jünger als die zweiundsechzig Jahre, die sie alt sein sollte. Sie leitete das Haus seit knapp acht Jahren. »Leider stehen uns zurzeit jedoch einige Renovierungsarbeiten ins Haus. Die Gebäude werden auf Herz und Nieren überprüft – wundern Sie sich also bitte nicht, wenn Sie irgendwo in den Aufenthaltsräumen oder den Badeanlagen auf Handwerker oder Architekten stoßen. Vielleicht werden wir den Leuten in den nächsten Tagen auch ein paar Zimmer zeigen müssen. Unser Haus ist alt und zum Teil etwas unansehnlich, aber die sanitären Anlagen und auch alles andere werden ständig gewartet und sind voll funktionsfähig. Lassen Sie sich also bitte von den Arbeiten nicht von Ihrer wohlverdienten Erholung abhalten. Wir sind das ganze Jahr über ausgebucht, müssen die Arbeiten also im laufenden Betrieb vornehmen lassen.«

»Erholung ist jut«, sagte eine ziemlich junge Mutter, die Annika im Zug nicht gesehen hatte. Sie trug ihr glänzend schwarz gefärbtes langes Haar offen und war sehr stark geschminkt. Ihre Finger endeten in schwarz lackierten Krallen. Sie hatte eine verschworene Tischgemeinschaft eng um sich geschart, die ihr aufmerksam zuhörte. »Die kann hier bei ihrem Job vielleicht ’ne ruhije Kugel schieben, aber wir mit unsere Blagen, wir können sehen, wat wir den janzen Tag mit dene anstellen.«

»Die gehen doch in die Kinderbetreuung, Olga«, sagte ihre Nachbarin, die hochschwanger war. Annika hatte sie nach dem Essen draußen mit einer Zigarette gesehen und sich erschrocken abgewendet.

»Du träumst wohl, Kleene. Du jlaubst doch nicht, det mein Charly sich betreuen lässt von eine x-beliebije Fremde. Ik nehme für uns morjen früh ein paar Strandkörbe, und det is denn der Urlaub. Hauptsache, det Wetter wird jut, der Rest ist mir schurze.« Sie wischte auf ihrem Smartphone herum und zog einen Flunsch. »Na ja, sechzehn Grad, Scheißnordsee. Aber mittags soll die Sonne rauskommen. Und wat machen wir jetzte?«

Annika schob sich an der Traube von Frauen vorbei, die sich mit Nachfragen und Gesprächsbedarf um Frau Leuwerik und die beiden Therapeutinnen scharte, und hörte gerade noch im Vorbeigehen, wie Olga und ihre Gang sich für halb zehn zum Ausgehen verabredeten. »Die Bars von Westerland unsicher machen«, was Besseres konnte man hier ja auch nicht anstellen. Wie hatte Frau Leuwerik am Ende gesagt: »Ich muss Sie der Form halber darauf hinweisen, dass in diesem Haus sowohl das Rauchen als auch Alkohol auf den Zimmern strengstens untersagt ist. Sie sind alle erwachsene Menschen, machen Sie das Beste draus.«

Annika machte sich nichts aus Rauchen und aus Alkohol nur dann, wenn die Umgebung stimmte – einen schönen Cocktail mit Blick aufs Meer würde sie sich in den nächsten Tagen bestimmt einmal erlauben. Sie liebte auch ein gutes Glas Wein zum Essen oder ein schönes kaltes Bier – das wäre auch jetzt ein Genuss. Aber sie war viel zu müde, um sich jetzt danach auf die Suche zu begeben.

Sie suchte ein bisschen auf den Gängen herum, bis sie ihr Zimmer mit ihrem tief schlafenden, völlig erledigten Sohn fand. Dann konnte sie sich gerade noch die Kleider vom Körper ziehen, ehe auch sie sich erschöpft von der Nordseeluft ins Bett fallen ließ und sofort in Tiefschlaf fiel.

Alles um sie herum war blau: der Himmel, das Meer, auch die Innenauskleidung der Strandkörbe, die dicht an dicht auf der großen hellen Strandfläche gen Süden aufgeklappt waren, wie Muscheln, die ihre hungrigen Mäuler aufsperrten. Manche waren mit dunkelblauen Innenbezügen ausgekleidet, andere mit blau-weiß gestreiften; von außen hatten sie alle ein weißes Korbgeflecht und eine große Nummer auf dem Rücken.

Das Meer rollte mit weißen Schaumkrönchen auf den Strand, dahinter schimmerte es hellgrün, und je tiefer es wurde, desto blauer wurde es, bis weit hinaus an den Horizont. Weiß, Blau, Weiß, das waren die Farben der Insel, so weit das Auge reichte. Dazu wehte ein flacher, frischer Wind, nicht kalt, aber abkühlend für die Sonne, die schon mit Entschiedenheit am Himmel aufstieg. Gleich finge sie an zu brennen und den Sand aufzuheizen. Der Wind sorgte dafür, dass man sie als angenehm wärmend empfand, im Schatten war es fast noch zu frisch. Alles sah aus, als sei es über Nacht frisch gewaschen, dabei hatte es keinen Tropfen geregnet.

Ein Wunder, dass dieses zierliche Stück Land sich mitten im Wasser halten kann, dachte Annika, streifte ihre Sandalen ab und ließ sie neben der Holztreppe liegen, die von der Promenade hinunter zum Strand führte. Der Wind blies vom Wasser her und ließ ihr T-Shirt um den Körper flattern wie ein Fähnchen an einem Mast. Sie breitete die Arme aus und schloss die Augen, um besser atmen und riechen zu können: sie roch den Wind, der sich klebrig anfühlte und würzig schmeckte, nicht nur nach Salz, sondern nach viel mehr, nach Seetang und Krabbenschalen, Gurkensalat und Eisenspänen. Sie spürte die Sonne wie zwei warme Hände auf ihren Schultern ruhen, auf Nacken und Hinterkopf schon etwas brennend. Sie fühlte den kitzligen weichen Sand unter ihren Füßen, heiß und doch kühl, wenn sie die Zehen in den Boden bohrte, körnig und fein zugleich, weich und kratzig, steinig. Sie hörte die Brandung rauschen und den Wind, der darüberstrich, die Schreie der Möwen, ihr höhnisches Gelächter, das so allgegenwärtig war hier.

Mit kleinen Schritten ging sie weiter, die Augen geschlossen, die Arme weit geöffnet, immer die Sonne im

Rücken spürend und auf das Meer vor sich lauschend, das langsam lauter wurde. Wie eine Schlafwandlerin wich sie geschickt den Strandkorbmäulern aus, ihre Windschatten spürend, fühlte, wie der Sand unter ihren Füßen langsam feuchter und fester wurde, kühler, angenehm kühl und schließlich kalt und glatt. Dann leckte die erste Welle über ihren Fuß, eiskalt und frisch, die nächste spülte hoch bis an die Knöchel. Und dann öffnete sie die Augen und sah vor sich nur noch Wasser und Horizont, sank mit den Füßen ein in den Fließsand, ließ eine vorwitzige schnelle Welle ihre Waden hochspritzen, ehe sie sich wieder freitrat und weiterging, hinein in die flache, herrlich kühle Flut. Der Boden war fest und sauber, keine Steine, nur ein paar wenige Muscheln, keine einzige Alge oder Schlingpflanze, keine Quallen, kein Strandgut, kein Müll. Ein Bilderbuchstrand, zumindest jetzt, am frühen Morgen.

Lange stand Annika so am Meeressaum und schaute in die Weite, wechselte nur den Platz, wenn der Sand ihre Füße zu tief eingrub und sie drohte, das Gleichgewicht zu verlieren, während der Wind mit ihrem Hemd spielte und die Ränder ihrer hochgekrempelten Jeans immer schwerer wurden von der Nässe. Am liebsten wäre sie hineingelaufen in die See, hinausgeschwommen, weit, weit hinaus, so wie das alte Pärchen, das ein wenig rechts von ihr auftauchte und zielstrebig ins Wasser ging. Beide waren dunkelbraun gebrannt und trugen schwarze Badekleidung. Sie tauchten ruhig, aber ohne Hast ins Wasser ein und schwammen mit langen Zügen hinaus, bald nur noch zwei dunkle Köpfe, die sich getreulich Seite an Seite auf der ruhigen Wasseroberfläche weiterbewegten.

Als sie sich endlich umdrehte und in die grelle Sonne blinzelte, die ihr jetzt direkt ins Gesicht schien, sah Annika, dass der Strand hinter ihr sich belebt hatte. Von überallher waren Strandjogger und Frühschwimmer aufgetaucht, die rasch ihre Handtücher und Strandkleidung in den

Strandkörben oder auf dem Sand ablegten und gemessenen Schrittes ins Wasser gingen. Wer um diese Zeit – es war kurz nach sieben Uhr gewesen, als sie das Heim verlassen und sich auf den Weg zum Strand gemacht hatte – ins Wasser ging, der war nicht bange vor den frischen Temperaturen. Empfindlichere Schwimmer gingen erst später baden, wenn die Temperaturen, zumindest im flachen Wasser, angestiegen waren. Der frühe Morgen hatte hier die stille, konzentrierte Atmosphäre eines Fitnesscenters, obwohl sich die Frühaufsteher auf dieser endlos weiten Strandfläche verteilten und jeder seinen eigenen Zugang zum Wasser suchte und genug Platz auf dem Strand hatte. Als Nächstes kamen die Strandreiniger und nahmen ihre Arbeit auf, sammelten Abfälle ein und leerten die Papierkörbe. Der Strandkorbverleih sperrte seine Bude auf und fegte nächtlich herbeigewehten Sand von der Veranda. Dann wischte er seine Schiefertafel mit einem feuchten Schwamm ab und schrieb die Preise neu: neun Euro pro Tag, ab sechzehn Uhr vier Euro. Das war verdammt viel Geld. Aber das Geschäft lief gut in dieser Saison.

Annika drehte sich ein letztes Mal um und warf einen Blick aufs Meer, das nun schon nicht mehr ganz so jungfräulich unberührt aussah. Jetzt schwammen schon ziemlich viele Leute in den Wellen, aus dem Naturschauspiel war ein Badebild geworden, eine Sommerfrische. Auch die Sonne hatte ihre morgendliche Rotfärbung verloren und stand schon in unerbittlichem Gelb hoch am Himmel und warf ihre Diamanten aufs Wasser. Annika legte eine Hand in den Nacken, sie hatte sich tatsächlich schon etwas verbrannt, sie würde gleich ihre Sonnencreme auflegen müssen, wenn es nicht schon zu spät dafür war. Wie gut, dass Mattis nicht mitgekommen war, sondern lieber mit seinem neuen Freund in dessen Zimmer hatte spielen wollen. Er war trotz seines südfranzösischen Bluts extrem sonnenbrandgefährdet. Sie würde gleich heute eine Großpackung

Sonnenschutzmittel einkaufen müssen. Und einen großen Sonnenschirm dazu, unter dem sie sich ganz verkriechen konnten.

Sie drehte sich wieder um und suchte den Sand nach ihren Sandalen ab, fand sie am Treppenaufgang, an dessen Fuß sie sie abgelegt hatte.

»Hier kommt nichts weg, normalerweise«, sagte der Mann, der gerade die Treppe hinunterstieg und seine Zehenlatschen neben ihren Sandalen parkte. Annika fuhr herum und erkannte den jüngeren Büromenschen, der ihr den Koffer aus der Bahn gehoben hatte. Statt des grauen Anzugs trug er jetzt weite, bunte Badeshorts und ein dunkelblaues T-Shirt mit dem Aufdruck »Sylt – erste Liebe«, und in der Hand hielt er ein aufgerolltes Badetuch, sonst nichts.

Annika begrüßte ihn und schlüpfte in ihre Sandalen. »Wissen Sie vielleicht, wie spät es ist?«

»Punkt acht Uhr. Werden Sie erwartet? Oder ist Ihnen das Wasser noch zu kalt zum Baden?«

Ab acht Uhr gab es Frühstück im »Haus Sonnenblick«, vermutlich wartete Mattis schon sehnsüchtig auf sie. Er war ein guter Frühstücksesser, ganz anders als die Franzosen. Annika schüttelte den Kopf und lächelte. Der Typ machte eine gute Figur, wenn er nur nicht dieses drollige Kasperpuppengesicht gehabt hätte. Es reizte sie zum Lachen, sowie sie ihn ansah.

»Und Sie sind noch nicht bei der Arbeit? Das muss ja ein toller Job sein, der mit einem Bad im Meer beginnt.«

Der Mann lachte und zeigte eine Reihe spitzer, weißer Zähne. Dann reichte er ihr die Hand. »So ist es. Darf ich mich vorstellen? Tjorben Klenk. Tjorben, falls wir uns noch öfter über den Weg laufen. Wir Friesen duzen uns gern.«

»Annika. Freut mich, dich kennenzulernen. Aber ich denke, es muss ein ziemlicher Zufall sein, sich hier immer wiederzubegegnen, die Insel ist doch ziemlich groß.«

Tjorben hob die Augenbrauen. »Groß nicht, aber lang. Man könnte dem Zufall ja ein bisschen auf die Sprünge helfen. Also abends sind wir oft zum Essen in der ›Inselküche‹, das ist ein kleines, ruhiges Bistro, nicht weit vom Bahnhof neben dem ›Café Wien‹. Und anschließend gehen wir entweder noch mit Freunden auf die Strandpromenade, die Sonne ins Meer fallen sehen, oder in die ›Alexis-Bar‹, kennst du die? Nein? Noch nie auf der Insel gewesen?«

Annika schüttelte den Kopf, sie wollte ihn eigentlich nicht weiter ermuntern, sich ihr an den Hals zu werfen. Der Typ war zwar sympathisch, aber sie hatte gerade gar keine Kapazität frei für neue Bekanntschaften – schon angesichts der vielen Frauen im Kurheim, die um sie herumschwirrten. Schließlich kam sie aus der tiefsten Einöde in der französischen Provinz. Sie hatte drei Jahre lang fast niemand anders gesehen als Mattis, Pascal und ihre Schwiegermutter. Sie lächelte etwas müde, es tat ihr jetzt schon leid, ihn zu enttäuschen.

Aber Tjorben insistierte auch nicht weiter. »Also dann«, sagte er und schickte sich an, weiterzugehen. »Komm gut an. Und …«, er ging einen Schritt um sie herum und zeigte auf ihren Nacken, dort, wo es schon ein bisschen brannte. »… creme dich demnächst lieber ein.« Dann nickte er freundlich und ging davon in Richtung Wasserkante.

Kapitel vier

Der kleine Till war ganz beschäftigt damit, die große Holzeisenbahn im Kreis um sich herumzubewegen und darauf zu achten, dass alle Waggons, die er angehängt hatte, auch mitkamen und in der Kurve nicht irgendwo hängen blieben. Er hatte sich einen freien Platz dafür auf dem weichen Gummiteppich gesucht, mit dem sie letztes Jahr den Kinderspielplatz zur Hälfte ausgelegt hatten, damit die Kinder sich nicht so leicht die Knie aufschürften bei wilden Spielen oder Stürzen. Da die Kinder heute so selten draußen spielten und höchstens mal auf irgendwelchen Gerätespielplätzen unter Aufsicht der Eltern und Großeltern herumturnten, waren sie es gar nicht mehr gewohnt, auf einer richtigen Straße zu spielen, auf harten Steinen aufzuschlagen, wenn sie zu wild waren und hinfielen oder miteinander rangelten. Hier im Innenhof des Heims hatte es früher nur einen Grasplatz gegeben mit einer Schaukel und einer Sandkiste. Immerhin waren sie auf Sylt, sie konnten jederzeit mit den Kindern an den Strand gehen, ins Watt, in die Salzwiesen oder ins Wasser. Man hatte geglaubt, keinen perfekt ausgestatteten Spielplatz am Haus haben zu müssen. Aber die letzten Jahre hatten gezeigt, dass das ein Irrtum war. Die Kinder konnten nicht mehr bei jedem Wetter stundenlang draußen sein, sie waren häufig übergewichtig und konnten keine langen Wege gehen, ohne zu japsen. Viele vertrugen die Sonne nicht gut, und die Mütter baten oft inständig, mit ihnen während der Betreuung im Haus zu bleiben oder zumindest in der Nähe des Hauses, so dass ihr Nachwuchs jederzeit Schatten finden oder sich im Haus ausruhen konnte. Tatsächlich sah man immer öfter sieben-, acht- oder zehnjährige Kinder, die sich auf den Polsterlandschaften im Kinderzimmer ausruhten. Sie schliefen oder lagen auf dem Rücken und starrten in die Luft. Sie fragten morgens, mittags und abends nach Filmen, Zugang zu Computern und Internet oder forderten die ihnen während der Betreuungszeiten abgenommenen Handys und anderen elektronischen Geräte zurück. Aber da blieben die Kinderbetreuerinnen hart, hier galt die Devise: drei Wochen ohne, zumindest während der Tagesbetreuung. Bisher hatten noch alle Kinder es nach einer Weile des Protests und der Nörgelei und Beschwerden ihrer Mütter geschafft, sich daran zu gewöhnen. In der letzten Woche hatten sie meist ihre kleinen Bildschirme und den Kunstzauber, der darauf ablief, vergessen und konnten wieder mehr mit anderen spielen oder sich auf die Gruppenangebote der Erzieherinnen einlassen. Es war Knochenarbeit, Überzeugungsarbeit für das ganze Team, aber es war ihnen wichtig. Es war wichtig, ein paar festgelegte eigene Ziele und Ideale zu haben bei ihrer Arbeit, sagte Susan Leuwerik ihren Leuten immer, sonst würden sie ein reiner Servicebetrieb werden. Und das rächte sich am Ende. Wenn man immer nur tat, was die anderen von einem erwarten oder sich wünschen, mochte das anfangs bequemer sein. Am Ende aber war man ausgebrannt, fühlte sich ausgenutzt, benutzt und verlor den Spaß an der Arbeit, das war Susans Erfahrung. Eine Erkenntnis aus ihrem langen und bewegten Berufsleben.

Susan Leuwerik richtete den Blick wieder zurück vom Innenhof, den sie von ihrem Schreibtisch aus immer vor Augen hatte, auf die Unterlagen, die vor ihr ausgebreitet waren. Der ganze Schriftwechsel mit dem Trägerverband, vom Anfang des Konflikts vor etwa drei Jahren bis heute. Insgesamt vier dicke Aktenordner mit Briefen, Berichten mit langen Zahlentabellen, Telefonprotokollen. Das war der Anfang. Dann kamen die Gutachten: Baufirmen, Statiker, ein Innenausstatter, Malerbetriebe, Klempner und Heizungsbauer. Alles an diesem Gebäudekomplex war marode und musste erneuert werden. Die Heizungsanlage stammte aus der Nachkriegszeit. Sie war nicht nur undicht, sondern auch extrem teuer im Betrieb und ökologisch nicht mehr vertretbar. Die Bäder waren veraltet, die Leitungen rostig und oftmals geflickt, den heutigen Abwasserkapazitäten nicht mehr gewachsen. Alle sanitären Anlagen mussten erneuert werden, viele waren nach und nach ausgetauscht worden, aber nur, wenn sie ganz kaputt waren. Das war die Krux dieses Hauses: Es war jahrelang nichts richtig instand gesetzt worden. Man hatte die Gebäude aus der Substanz heraus bewirtschaftet und alle Rücklagen für Erneuerung und Investitionen für überteuertes Flickwerk und andere Positionen – vorzugsweise Personalkosten – ausgegeben. Die Schuld traf ganz eindeutig ihren Vorgänger, Jens Meierdirks, das war Susan klargeworden, nachdem sie einen ganzen Winter lang Abend für Abend die Finanz- und Verwaltungsgeschichte des Hauses rekonstruiert hatte. Statt Dach und Fach instand zu setzen, hatte der langjährige Heimleiter, den Susan abgelöst hatte, lieber die Gehälter hochgesetzt, insbesondere sein eigenes und das der anderen leitenden Kollegen. Sie waren inzwischen alle im Ruhestand. Meierdirks hatte offenbar beim Trägerverband mit wenigen Worten alles Mögliche durchsetzen können, es war erstaunlich. Er hatte Carte blanche gehabt – während Susan heute wegen jeder Kleinigkeit lange Schriftwechsel, Telefonate und endlose Meetings auf dem Festland auszustehen hatte, die am Ende doch erfolglos blieben. Meierdirks hatte mit einem Dreizeiler so teure Anschaffungen wie eine nagelneue Computeranlage für sich selbst und seinen Hauswirtschaftsleiter durchgekriegt. Eine Computeranlage, die jetzt über zehn Jahre alt war und noch immer im Einsatz. An eine Erneuerung war nicht zu denken!

Aber all diese damals schicken Neuanschaffungen waren auf Kosten der fortlaufenden Instandhaltung des Hauses gegangen, die nach und nach immer hätte weiterlaufen müssen, um genau das zu verhindern, was jetzt ins Haus stand: eine teurere Grundsanierung. Die Kostenvoranschläge für die anstehenden Maßnahmen waren so immens hoch, dass der Trägerverband im letzten Jahr zum ersten Mal erwogen hatte, die »Heimkapazitäten zu verändern«, wie es so schön wolkig hieß. »Die Einrichtung schreibt rote Zahlen. Die geringe Größe und die notwendigen Investitionen in das Gebäude lassen eine Sicherung der Zukunftsfähigkeit durch den Trägerverband nicht mehr möglich erscheinen.«

Seitdem hatte Susan angefangen zu kämpfen. Es war ja nicht das erste Mal, dass sie ein Heim leitete, und es war auch nicht das erste Mal, dass sie wegen ihrer Arbeitskonzepte oder Finanzierungspläne mit einem Vorstand oder Trägerverband in den Ring steigen musste. Sie hatte nicht jeden Kampf gewonnen, sondern schon manche bittere Kröte schlucken müssen. Sie hatte ihren Job wechseln müssen, neue Projekte begonnen, war viel herumgekommen dadurch. Aber hier, auf Sylt im ›Haus Sonnenblick‹, da würde sie sich nicht vertreiben lassen. Das hier, das war ihre Sache, das war die Klientel, die ihr besonders am Herzen lag: ausgebrannte Mütter mit ihren Kindern, oft alleinerziehende, sich in schwierigen Lebenssituationen befindliche Frauen, die mit ihrem Herzblut und wenig Geld ihre Kinder aufzogen und hier endlich mal nicht um alles betteln, sondern es sich richtig gutgehen lassen sollten. Das war ihr Ding. Vielleicht weil sie selbst vor vielen Jahren auch so eine Mutter gewesen war, mit ihrem Sohn allein, der jetzt längst erwachsen war. Sie war immer berufstätig gewesen, oft allein verantwortlich für ihre Familie. Sie wusste, wovon sie sprach, sie wusste genau, wie sie es haben wollte hier, und da redete ihr niemand herein.

Sie schob die Papiere auf ihrem Schreibtisch zusammen und griff zum Telefonhörer. Es gab noch ein paar mehr Möglichkeiten, um ihre Entschlossenheit dem Trägerverband gegenüber klarzumachen. Sie hatte noch lange nicht alle Register gezogen. Und sie hatte alles zu verlieren – oder alles zu gewinnen.

Am anderen Ende meldete sich die Telefonzentrale des Verbands, Susan Leuwerik ließ sich mit dem Außendienstleiter verbinden. Im Garten schlich sich ein großer, dunkelhaariger Junge an den kleinen Till heran und stellte sich dessen Holzeisenbahn in den Weg. Susan drehte sich auf ihrem Stuhl vom Fenster weg und konzentrierte sich auf ihren Gesprächspartner.

Nach dem Frühstück, das sie gemeinsam mit den Kindern in dem hübschen Frühstücksraum eingenommen hatten, mit Blick in den Garten, auf blühende Rosenbüsche und üppige Hortensien, standen die Arztvisiten auf dem Programm. Die Kinder wurden von einer freundlichen Erzieherin mit Kasperlepuppen in die Kinderbetreuung gelockt. Mattis ließ alles stehen und liegen, verabschiedete sich mit einem schnellen Küsschen und lief den anderen Kindern hinterher. Er war es morgens gewohnt, mit einer Gruppe zu laufen, ließ sich leicht von einem kindgerechten Programm begeistern und würde vermutlich kein Theater machen und nach seiner Mama weinen. Dafür würde er am Nachmittag ihre Anwesenheit abfordern, so wie er es von zu Hause gewohnt war. Andere Kinder hatten es schwerer, sich jetzt schon von ihren Müttern zu trennen, wie Annika feststellte. Ein kleines, blondes Mädchen klammerte sich weinend an das Bein ihrer Mutter, während der Holzkasper beruhigend auf sie einzureden versuchte. Der Effekt war entgegengesetzt, und das Geschrei wurde immer lauter. Annika war mächtig stolz auf ihren unabhängigen Jungen. Sie hatte ihm nicht mal mehr seine Jacke anziehen können. Aber vermutlich würden die Kinder heute hier im Haus spielen, und sonst war sie ja auch nicht aus der Welt.

Sie studierte ihren Laufzettel und machte sich auf die Suche nach dem Ordinationszimmer der Ärztin, die einen »Gesundheitscheck« bei ihr vornehmen sollte. Annika war kerngesund und fühlte sich pudelwohl, aber sie setzte sich trotzdem brav in den Wartebereich und starrte auf den hellgrauen, abgelaufenen Fußbodenbelag, genau wie die anderen wartenden Frauen es taten.

»Also mir ist dieses schwere Federbett viel zu warm«, sagte Sally, die als Erste in der Stuhlreihe saß. Sie hatte sich schon in Strandkleidung geworfen, trug kurze bunte Shorts und ein blau-weißes Ringel-T-Shirt, aus dem sie schon ziemlich üppig herausquoll.

»Wir haben zu Hause nur noch Mikrofaserdecken, mein Mann ist Asthmatiker und kann keine Daunen vertragen«, entgegnete ihre Nachbarin, eine etwas farblose junge Frau mit hessischem Akzent, die Annika nur von Weitem im Zug gesehen hatte.

»Und denn det Bad, det geht so jar nicht, finde ik«, sagte Olga, die sich am Ende der Reihe auf ihrem Stuhl rekelte. Sie hatte schon volle Kriegsbemalung aufgelegt, hellblauen Lidschatten, Wimperntusche und ein ziemlich dunkles Make-up. Sie trug ebenfalls knappe Shorts und ein noch knapperes Top, konnte beides aber ganz gut tragen. »Richtig fiese, diese schwarzen Schimmelränder überall. Was is det bloß für ’ne Bruchbude hier, wah? Und dabei wurde mir det Heim so empfohlen in der Beratung.«

»Aber die Lage ist doch wirklich hervorragend«, meinte die vierte Wartende, die Annika ebenfalls im Zug gesehen hatte. Sie sah aus wie eine unauffällige Bürofrau mit ihrer Fönfrisur, sie trug eine blaue Bluse und Jeans. Wenn Annika sich recht erinnerte, hatte sie in der Bahn hinter ihr gesessen und einen kleinen Jungen etwa in Mattis' Alter auf den Knien gehabt. »Waren Sie schon am Strand? Ist es weit bis dahin?«

»Zehn Minuten«, sagte Annika. »Immer geradeaus durch die Einkaufsstraße, dann kommt man direkt zur Promenade.«

»Zu Fuß?«, fragte Olga entsetzt.

»Ja, klar, hier kann man doch alles zu Fuß gut erreichen.«

»Ik jlaube et nicht.« Die Berlinerin schüttelte den Kopf. »Und mittags denn wieder hierhertraben zum Essen fassen, oder wat? Und denn wieder los – und det soll ne Kur sein? Ik dachte, wir sind direkt am Wasser, so mit Blick aufs Meer. Und nicht so mitten in der Stadt. Ein Lärm war det heute Morgen, ik habe nur Autos jehört die janze Nacht. Wenn et wenigsten ein paar jute Kneipen gäbe, aber so sieht det hier och wieder nicht aus.«

»Na ja, Westerland ist kein Dorf, das ist schon eine richtige kleine Stadt. Aber das weiß man doch vorher, wenn man sich hier anmeldet«, meinte die Bürofrau.

»Ik wees nicht. Sind Sie hier übrigens alle per Sie?« Die Berlinerin schaute einmal in die Runde und fuhr dann fort: »Ik wollte ja auch jar nicht hierherkommen. Ik bin janz zufrieden zu Hause, aber meene Ärztin meinte, ik müsste mal raus. Nach der letzten Geburt war ik so schlapp. Und denn is meene Mutter jestorben, det hat mich ooch umjehauen. Die hat die Kleenen doch immer betreut. Wat soll nun werden, wenn ik arbeete bis fünve?«

»Kann dein Mann da nicht helfen? Mein Mann hat acht Stunden reduziert jede Woche, und nun kann er den Lütten von der Kita abholen. Ich muss bis zwanzig Uhr arbeiten«, sagte die Hessin.

»Reduzieren? Det Jeld reicht bei uns doch so schon nicht vorne und nicht hinten. Außerdem is ja nur det Baby von mein Mann. Also von dem aktuellen. Die anderen drei sind von seinem Vorgänger. Die sind nur jeduldet bei ihm, hat er jesagt. Ja, det is ooch psychisch belastend, so een Mann. Aber wo die Liebe hinfällt.«

»Muss Liebe schön sein«, schickte die Bürofrau ihr leise hinterher, als Olga ins Ordinationszimmer gerufen wurde. Für vier Kinder hatte sie sich wirklich eine tadellose Figur bewahrt, dachte Annika und schaute nicht runter auf ihre Speckfalte, die sich seit Mattis' Geburt über ihrem Gürtel gebildet hatte und einfach nicht wieder verschwand. Manche Frauen bekamen ihre Kinder wirklich so nebenbei. Sie gehörte leider nicht dazu.

»Und du«, meinte Sally, »wie alt ist dein Sohn? Du hast doch diesen hübschen kleinen Jungen, oder?«

»Fünf«, sagte Annika stolz. Sie fand Mattis auch ganz außerordentlich hübsch. Er hatte Pascals dunkle Augen und Haut, aber von ihrer Seite her das markante Gesicht. Er würde mal ein Prachtkerl werden.

»Und Ihrer?«, fragte Sally die Bürofrau. »Sie haben doch auch einen kleinen Jungen, oder?«

»Ja, Kent heißt er«, antworte sie und wurde gleich rot vor Stolz. »Ich heiße übrigens Birgit. Und wir können uns natürlich gerne duzen.« Sie reichte Sally und Annika die Hand, die sich daraufhin ebenfalls noch mal vorstellten. »Vielleicht habt ihr ja Lust, nachher ein bisschen zusammen spazieren zu gehen?«

Annika nickte, war sich aber im selben Augenblick klar, dass sie wenig Lust hatte, sich hier in irgendwelche Freundschaften zu stürzen. Sie wollte ihre Ruhe haben, einen klaren Kopf bekommen. Aber nun mochte sie Birgit nicht gleich wieder einen Korb geben. Sie schwieg und starrte auf die verschrammten Wände. Trotz der schäbigen Ausstattung fand sie das Haus irgendwie gemütlich. Es hatte eine gute Atmosphäre. Es wirkte wie ein Privathaus mit Platz für viele Gäste, nicht so steril, wie ein Krankenhaus oder viele andere Kurheime. Alle Mitarbeiterinnen, die sie bis jetzt kennengelernt hatte, waren sehr freundlich und herzlich. Noch immer hatte kein Mensch ihr gegenüber irgendwelche Verbote heruntergebetet, alle schienen vielmehr daran interessiert zu sein, für sie alles möglich zu machen, was sie eben brauchte. Was machte es da aus, dass die Möbel alt und abgeschrammt aussahen und die Fußböden und Bäder renovierungsbedürftig waren? Schimmelränder gab es bei ihr nicht, aber die Dichtungen an der Badewanne und am Waschbecken hätten schon mal erneuert werden können. Davon hatte Frau Leuwerik ja auch bei ihrer Begrüßung gesprochen. Annika war jedenfalls zufrieden, hier gelandet zu sein und nicht in irgendeiner anderen, schickeren Klinik mit mehr Komfort aber ohne Freundlichkeit.

Sally wurde ins Ordinationszimmer gerufen, und Olga kam wieder heraus. Überrascht sah Annika, dass sie geweint hatte. Ihre Wimperntusche lief in zwei dunklen Bächen über ihre blassen Wangen, und ihre Hände mit den langen, schwarz lackierten Nägeln zitterten, als sie ihre Tränen abzuwischen versuchte. Annika sprang auf, blieb dann aber unbeholfen vor ihr stehen. Dann kramte sie ein unbenutztes Taschentuch aus der Hosentasche.

»Danke«, sagte die Berlinerin. »Is schon jut, ik hab nur grad ne Seelenmassage verpasst jekriegt. Scheiße auch«, murmelte sie, versenkte ihr Gesicht im Taschentuch und schlich langsam über den Flur, um im Treppenaufgang zu den Zimmern zu verschwinden.

Birgit sah Annika schweigend, aber mit vielsagender Miene an. Dann wurde Annika ins Ordinationszimmer gerufen. Sally gab ihr die Tür in die Hand. »Außer Übergewicht alles in Ordnung bei mir«, flüsterte sie schnell und zwinkerte ihr aufmunternd zu. »Wie immer!«

Kapitel fünf

Annika zupfte leise die Vorhänge zurecht, damit die Abendsonne, die noch ziemlich hoch über dem Horizont stand und direkt in Mattis' Schlafzimmer schien, ihn nicht an der Nase kitzelte und wieder aufweckte. Um sieben Uhr, gleich nach dem Abendessen, hatte der Kleine gefragt, wann man denn hier ins Bett gehen dürfe.

»Jederzeit«, hatte Annika überrascht gesagt. »Aber bist du denn schon müde?«

Mattis hatte genickt und den Kopf hängen lassen. Ihm fielen tatsächlich im Sitzen die Augen zu.

»Das ist die Nordseeluft«, hatte Schwester Beke gesagt, die von Tisch zu Tisch ging und fragte, ob noch jemand Medizin für die Nacht brauche. Man hatte alle mitgebrachten Medikamente abgeben müssen, konnte aber jederzeit ins Stationszimmer gehen, um die nötigen Sachen zu bekommen. Das Reglement hatte natürlich schon für Unmut gesorgt, war aber nicht zu ändern.

Mattis war nicht das einzige Kind, das halb schlafend aus dem Speisesaal ins Schlafzimmer getragen wurde. Den ganzen Nachmittag über waren die Kinder mit den Erzieherinnen am Strand gewesen, während die Mütter ihre Arztbesuche absolvierten oder die ersten Anwendungen erhielten. Annika hatte ihren allergischen Schnupfen und die Kopfschmerzattacken zur Sprache gebracht, die sie seit der Zeit in Frankreich regelmäßig bei Wetterwechseln quälten. Die Ärztin war verständnisvoll und ruhig gewesen, hatte ihr eine Menge Fragen gestellt und zielstrebig die Trennungsproblematik hinterfragt, bis Annika den Tränen nahe war – wie ihre Vorgängerin, die flippige Berlinerin. Aber irgendwie hatte es gutgetan, einfach mal alles aussprechen zu können, was sie quälte, ohne gleich bewertet zu werden, wie zu Hause von ihrer Mutter. Oder ohne sich im Gegenzug passende oder unpassende Trennungsgeschichten von anderen anzuhören, die ihr im Grunde wenig weiterhalfen. Sie hatte also ihr Herz ausgeschüttet, verschämt ein paar Tränen von den Wangen gewischt und die Ärztin mit einer Verschreibung für einen Gesprächstermin bei der Psychologin, ein paar Akupunktur-Anwendungen, ein aufbauendes Multivitaminpräparat und ein ziemlich volles Sportprogramm wieder verlassen. Nachdem man noch ihren perfekten Blutdruck gemessen, ein leichtes Übergewicht konstatiert und ihr eine Blutprobe abgenommen hatte, war es schon Zeit für das Mittagessen gewesen. Sie hatte sich so gefreut, Mattis wiederzusehen, als seien sie ewig voneinander getrennt gewesen. Mattis hatte sie beruhigt wie ein Großer. »Ist doch alles in Ordnung, Maman, ich bin ja da. Hier gibt es eine Modelleisenbahn, die ist so groß wie die in Kalles Kita!«

Die Eisenbahnanlage faszinierte ihn so sehr, dass er nicht zu einem Mittagsschläfchen zu überreden war. Annika musste mit ihm in den Garten gehen und Eisenbahn fahren, bis andere Kinder seinen Platz beanspruchten.

Nach dem Kaffeetrinken wurden die Kinder wieder eingesammelt und spazierten im Gänsemarsch an den Strand. Es sah so drollig aus, wie sie alle mit Plastikeimern und Schaufeln ausgestattet in ihren kurzen Hosen in Reih und Glied liefen, wie eine Miniatur-Arbeitskolonne. Kein Wunder also, dass Mattis jetzt früh ins Bett wollte. Die Aufregung über die neue Umgebung, die Sonne, der kräftige Wind und die viele frische Luft hatten ihn geschafft. Er hatte sich widerwillig die Zähne putzen und den Schlafanzug anziehen lassen und war schon tief und fest eingeschlafen, ehe Annika ihn zugedeckt hatte. Es war halb acht Uhr, und Annika stand in ihrem kleinen Zimmer und sah sich um. Was tun mit diesem angefangenen Abend? Ob sie es wagen konnte, den Jungen allein zu lassen? Es klopfte an ihrer Tür. Es war Birgit, sie hatte ein Babyphone in der Hand.

»Schläft deiner auch schon? Kent ist fast beim Essen eingeschlafen.«

»Du hast dein Babyphone mitgebracht! Das war eine gute Idee.«

»Das ist nicht meins. Das gibt es hier in jedem Zimmer, hast du noch nicht in deinen Nachttisch geschaut?«

Annika zog die Schublade ihres Nachttisches heraus. Tatsächlich lag darin ein Babyphone, sie musste es nur in die Steckdose stecken. Als sie die Reichweite ihrer Geräte testeten, begegnete ihnen Olga, die Berlinerin, auf dem Flur. Sie trug nietenbesetzte Jeans und ein Top, das den Bauch frei ließ und ein auffälliges Piercing zeigte, darüber eine kurze Lederjacke mit zahlreichen Aufdrucken und Aufschriften auf dem Rücken und große Ohrringe, die ihr bis auf die Schultern hingen.

»Habt ihr die Dinger och schon entdeckt?«, fragte sie, lässig Kaugummi kauend. »Dann könnt ihr ja mitkommen uff die Promenade. Hier fällt jeden Abend die Sonne ins Wasser, det muss man jesehen haben, sacht mein Oller.«

»So weit reichen die Dinger doch nicht«, sagte Birgit empört.

»Wer sacht denn det? Ik habe mein Phone der Nachtschwester aufjebrummt. Dafür ist die doch da. Musst nur nen Zettel dazutun mit der Zimmernummer und deine Handynummer.«

Annika sah Birgit an, die ein skeptisches Gesicht machte.

»Wat is nu – kommt ihr mit oder wollt ihr hier anwachsen und dumm aus der Wäsche kieken? Dann könnt ihr och zu Hause bei euren Ollen bleiben.«

»Und wenn Kent aufwacht?«, warf Birgit ein. »Er kennt hier doch niemanden.«

»Die is 'ne Spezialistin, die Nachtschwester. Die hat schon öfter mal auf n paar Gören uffjepasst. Also ik jehe jetzte. See you later.«

»Wo sitzt die Schwester denn?«, rief Annika ihr nach und sah an sich herunter. Sie trug Jeans, die sie schon auf der Reise angehabt hatte, ein schwarzes T-Shirt und Sandalen. Sie brauchte sich nur schnell ihre Strickjacke zu holen, etwas Geld und ihr Handy. Die Sonne ins Meer fallen sehen, genau das hatte sie sich gewünscht. Wer weiß, wie lange das Wetter noch so schön bleiben würde.

»Gehst du etwa mit?«, fragte Birgit.

»Ja, los. Wir sind doch bald wieder da. Es ist ja nicht weit bis zum Wasser. Ich schreibe schnell diesen Zettel, wir treffen uns vorne am Eingang, okay?«

Eine halbe Stunde später passierten Annika und Birgit den Aufgang zur Promenade. Zwischen den Dünen schillerte silbern das Meer, das am Morgen so herrlich blau geleuchtet hatte. Die Sonne stand wie ein rotes Ei etwa zwei Handbreit über dem Horizont und tauchte Wasser und Sand, Strandkörbe und die sonnenhungrigen Urlauberscharen, die sich auf dem Sand und auf der Promenade für ein Glas Wein oder Bier und das allabendliche Spektakel eingefunden hatten, in ein sattes, farbenprächtiges Abendlicht. Der Himmel war noch hell über dem Wasser und tiefer blau, je höher er wurde. Die Möwen schienen zu lachen, und ein Gemurmel aus vielen entspannten Mündern lag in der Luft, ohne aufdringlich oder störend zu sein. In der Musikmuschel baute die Kapelle, ein Budapester Streichorchester, ihre Instrumente und Notenständer ab, und das

Publikum, das sich auf den Sitzbänken vor der Muschel versammelt hatte, verstreute sich, um sich dem zweiten Akt des Abends, dem Schauspiel der Natur, zu widmen.

»Sieh mal, da vorne sind Sally und Olga«, sagte Birgit und wies auf die üppige Blonde und die schwarzhaarige Schöne, die hier in dieser Umgebung gar nicht mehr so auffielen. Olgas langes, schwarz glänzendes Haar flatterte über ihren Schultern. Sie stützte sich mit den Unterarmen auf die Holzbrüstung und sah aufs Wasser, während Sally neben ihr auf sie einredete. Sally sah wieder aus wie eine Hausfrau aus einer amerikanischen Seifenoper, die sich in zu enge Kleider gezwängt hatte – eine weit ausgeschnittene karierte Rüschenbluse, dazu enge Caprihosen in einer Bonbonfarbe und silberne Riemchensandalen, die unter ihrem Gewicht jeden Augenblick auseinanderzubrechen drohten. Auch ihre Ringellöckchen hielten sich tapfer im Wind. Sie sah immer aus, als würde ihr gerade ein Topf mit Milch auf dem Herd überkochen, ihr Baby fast aus dem Hochstühlchen fallen, das Bügeleisen ihre Wäsche versengen, während das Telefon klingelte und ihr ein Hollywoodangebot gemacht wurde, das sie leichten Herzens ablehnte wegen ihrer diversen familiären Pflichten. Sie hatte immer eine Träne im Auge, vor Lachen und vor Weinen. Eine Bilderbuchmama, wie es sie im wirklichen Leben vermutlich kaum noch gab.

Sie winkte den beiden Neuankömmlingen zu und hob ihr Sektglas, prostete damit in die Sonne. Auch Olga hatte ein Sektglas in der Hand. Die Flasche dazu stand neben ihren Füßen im Schatten der Holzfassade.

Birgit musterte Sally abschätzig, aber die schenkte schon zwei Plastikgläser voll, die sie aus den Tiefen ihrer Handtasche ans Licht beförderte.

»Prost, ihr Lieben. Ist das nicht ’ne Wucht hier? Das nenne ich Mütter-Genesung, was? Habt ihr so was schon mal gesehen?«

Sie tranken auf ihre gegenseitiges Wohl, und Annika sah zu, wie die Sonne sich tropfenartig verformte und mit der Spitze ins Meer tauchte. Der Himmel färbte sich rosa, dann verschwanden schlagartig die tiefen Farben auf Wasser und Sand und ließen nur fahle Grautöne zurück. Es war, als ob jemand den Glanz abgeschaltet hatte, zurück blieb der nüchterne Ernst des Lebens. Vor einem blutroten Horizont verschwand die Sonne schließlich wie ein glühendes Stückchen Stahl, bis nur noch ein leuchtender Schlitz übrig blieb, und dann war sie fort.

»Und da treffen wir uns schon wieder«, sagte plötzlich jemand hinter ihnen.

Annika wandte sich um und sah Tjorben ins Gesicht. Zwei oder drei weitere Herren in dunklen Anzügen und weißen Hemden, die aussahen, als wenn sie direkt aus dem Büro kamen und nun für einen Absacker noch mal über die Promenade schlenderten. Birgit, Olga und Sally drehten sich ebenfalls um, ihre Gespräche erstarben, und sie starrten erst die Herren an, dann Annika.

»Das ist …«, Annika stockte, »Tjorben.« Die Namen der anderen Herren wusste sie nicht. Den mit den blonden Locken und der Halbglatze hatte sie neulich auch im Zug gesehen, aber einen Namen hatte er nicht genannt.

»Angenehm«, sagte Tjorben und reichte allen Damen der Reihe nach die Hand. »Und dies sind Hans, Bleik und Jürgen. Tja, da wären wir also wieder.« Er grinste.

Die Frauen stellten sich ihrerseits vor, während Annikas Augen an der Gestalt des Mannes hinter Tjorben hängen blieben, den er Hans genannt hatte. Er war etwas kleiner als Tjorben, und seine kurzen rotblonden Locken hatten schon einen Stich ins Graumelierte. Sein Gesicht wirkte ein wenig bäuerlich, mit hohen Wangenknochen und breiten Kiefern ausgestattet. Aber der Blick aus den blaugrünen, schmalen Augen, der ihrem Blick ruhig und etwas belustigt begegnete, war durchaus nicht schlicht. Ein kleines, freundliches Lächeln spielte um seine Mundwinkel. Nicht spöttisch, nicht distanziert, einfach freundlich. Sein forschender Blick ging ihr ins Herz wie ein warmes Messer in die Butter. Annika lächelte zurück und kam sich im selben Augenblick infantil und albern vor. Bitte, bitte nicht dieses dumme Gefühl, nicht jetzt, noch nicht, nicht hier!

Sie fing an, über sich selbst zu lachen, und das fremde Gesicht lachte mit. Hans trat einen Schritt auf sie zu. Er fasste das gemeinsame Lachen offenkundig als Ermunterung auf. Während die anderen Herren sich in lautstarke Gespräche mit den Frauen verwickelten, stellte Hans sich ganz ruhig neben Annika. Gemeinsam schauten sie aufs Wasser und schwiegen, als würden sie sich schon lange kennen.

»Ich bin Annika«, sagte Annika schließlich.

»Ich weiß. Und ich bin Hans.«

»Ich weiß«, parierte Annika und lächelte. Sie dachte: Komisch, so fängt es immer an. Dass man meint, alles schon zu wissen, was der andere ist, was er will und was er sagt. Weil es so einfach und klar ist. Und dabei ist es doch ein Wunder. Und es passiert nicht so oft.

»Wir? Wir sind hier, um zu arbeiten«, erläuterte Tjorben eben laut, und Sally kicherte. »Und ihr?«

»Wir auch«, rief Sally. »Wir kellnern. Das sieht man doch. Und was macht ihr?«

»Wir sind Eisenbahnschaffner«, sagte Bleik, und alle prusteten los.

»Das ist echt wahr«, versicherte Tjorben. »Wir fahren die NOB, zweimal am Tag hin und zurück. Aber manchmal klappt es auch nicht, dann bleiben wir hier.«

»Warum klappt es denn nicht?«, fragte Sally. Sie hatte ihre kleine Schleife über dem Kragen gelöst und präsentierte das ganze üppige Dekolleté.

»Wegen der Tide«, sagte Bleik und wandte sich an Birgit, die zurückwich, als sei er elektrisch geladen. Er drehte sich zu Sally. Da er einen Kopf kleiner war als sie, landete er direkt vor ihrer guten Aussicht.

»Der Tide?«, fragte Birgit.

Tjorben begann, eine abenteuerliche Geschichte über Ebbe und Flut und den Einfluss auf den Bahnverkehr aufzutischen, während seine Kumpel sich vor Lachen nicht halten konnten.

»So ein Blödsinn«, murmelte Annika und schaute Hans skeptisch an. »Seid ihr wirklich bei der Bahn?«

»Warum nicht?«, sagte Hans. »Wir haben uns doch schon in der Bahn gesehen, wir beide. Oder?«

»Daran erinnerst du dich?«

»Natürlich. Und seid ihr wirklich Kellnerinnen?«

»Warum nicht?«, gab Annika kokett zurück. »Ich könnte zum Beispiel in einer Weinstube arbeiten. Mit französischen Weinen kenne ich mich ganz gut aus.«

»Aha, eine Frau mit Klasse, wie? Und wie heißt deine französische Weinstube?«

»Au bon gout.«

»Obongu? Kenne ich nicht. Nimmst du mich mal mit hin?«

Annika lächelte und nickte. »Okay.«

»Morgen?«

»Okay.«

»Kann ich dich irgendwo abholen?«

Annika schüttelte den Kopf. »Treffen wir uns einfach wieder hier, um halb neun Uhr. Oder bist du dann mit deinem Zug gerade unterwegs nach Hamburg?«

»Nein, morgen fahre ich nur bis Niebüll und zurück. Halb neun ist gut.«

Annika drehte sich wieder zum Wasser und schaute auf dic graue, schnell eindunkelnde Fläche. Hans blieb ganz nah hinter ihr stehen, sie konnte seine Körperwärme spüren. Zum Glück berührte er sie nicht, er hielt Distanz. Sie stellte sich seine warmen Hände auf ihrer Haut vor. Das war genug. Wunsch und Vorstellung waren das Beste. Hoffentlich ging Mattis morgen Abend auch wieder früh ins Bett.

Wie in einem Film, dessen Ton wieder angedreht wurde, kamen die Außengeräusche wieder zu ihr zurück. Alle verabschiedeten sich plötzlich voneinander, Sally drückte Tjorben einen feuchten Lippenstiftkuss auf die Wange, Birgit gab allen geziert die Hand. Olga war weitergegangen, hatte ihre Freundinnen getroffen.

Annika drehte sich um. Hans war verschwunden. In der Menge um sie herum konnte sie seinen rot-grauen Lockenkopf nirgends entdecken. Hatte sie alles nur geträumt? Aber ihre butterweichen Knie und dieses untrügliche, alberne Flattern in der Magengegend deuteten an, dass sie es wohl doch mit der Wirklichkeit zu tun gehabt hatte.

Kapitel sechs

Am nächsten Morgen sollte Annika zum ersten Mal Akupunkturnadeln gesetzt bekommen. Mattis ging mit Begeisterung nach dem Frühstück direkt in die Kinderbetreuung. Die Eisenbahn rief. An diesem Nachmittag und am Sonntag würde es kein Angebot für die Kinder geben.

Annika war überrascht, als die Chefin persönlich, Susan Leuwerik, sie in das Behandlungszimmer rief. »Ich habe mich schon gewundert, dass hier sogar am Wochenende Anwendungen stattfinden«, sagte Annika.

»Und nun denken Sie: Die Chefin ist ja sowieso da, dann kann sie am Wochenende auch ruhig ein bisschen arbeiten?« Susan Leuwerik lachte und klopfte auf die rote Lederliege, die sie mit weißem Papier ausgelegt hatte. »Legen Sie sich hin, auf den Rücken bitte. Ganz entspannt.« Annika streifte ihre Sandalen ab und machte es sich auf der breiten Liege bequem. Susan Leuwerik fuhr fort: »Der Grund ist aber ein anderer: Wir behandeln Sie und ein paar andere Frauen heute noch, weil sie Migräne-Patientinnen sind. Die sollte man unbedingt vor einem ersten Migräneschub nadeln, denn zum Beispiel das Wetter, das für viele von Ihnen ein Auslöser für einen Schub sein kann, wechselt hier schnell. Migräne kann man aber nur vorbeugend mit Akupunktur behandeln. Wenn der Schub erst mal da ist, wirken die Nadeln nicht. Ich brauche jetzt einen freien Hals von Ihnen.«

Sie schob mir zarter Hand Annikas halblanges Haar beiseite, tippte mit den Fingern auf der Haut ihrer bloßen Arme herum, dann tastete sie die Handknöchel ab. Sie musterte lange Annikas Gesicht.

»Haben Sie schon einmal Akupunkturnadeln gesetzt bekommen?«

Annika schüttelte den Kopf. »Ich habe bis jetzt immer nur Schmerztabletten geschluckt, wenn es wieder losging. Aber so oft habe ich zum Glück keine Attacken.«

Susan Leuwerik riss das Papier von der ersten Nadel, tastete auf Annikas Armbeuge herum. Schnell drehte Annika den Kopf zur Seite, in Erwartung eines Schmerzes beim Einstich der Nadel. Aber sie spürte gar nichts. Schon wurde das nächste Papier abgerissen. Ein winziger Pieks zeigte ihr an, dass die zweite Nadel irgendwo hinter ihrem Ohr gelandet war. Und so ging es weiter, bis Frau Leuwerik ihre Sachen zusammenpackte und Annika mit einer leichten Wolldecke zudeckte.

»Sie ruhen sich jetzt eine halbe Stunde aus. Bleiben Sie am besten so liegen. Sie können sich auch wieder auf den Rücken rollen, die Nadeln machen alles mit, wenn Sie sich langsam und vorsichtig bewegen. Tut Ihnen irgendetwas weh?«

Annika verneinte.

»Dann schaue ich nach zwanzig Minuten wieder nach Ihnen.«

Annika musste sofort eingeschlafen sein, jedenfalls stand die Heimleiterin schon wieder neben ihr, als sie das nächste Mal die Augen aufschlug. »Alles in Ordnung, Frau Gosch?«

»Wunderbar«, murmelte Annika. Wie konnte man nur so müde sein? Sie hatte in der Nacht doch gut geschlafen.

»Bleiben Sie bitte noch zehn Minuten liegen, dann nimmt Ihnen meine Assistentin die Nadeln wieder ab. Ein schönes Wochenende, und dann sehen wir uns spätestens am nächsten Mittwoch wieder zum Nadeln.«

Annika hielt die Augen offen, um nicht schon wieder wegzudämmern. Die Sonne schien zart ins Zimmer, gedämpft von aprikosenfarbenen seidigen Vorhängen, die sich leise im Wind bewegten. Von draußen hörte sie leises Stühlescharren auf Steinfliesen, das Fenster ging zu einem der Innenhöfe hinaus. Alle Gebäude des Kurheims waren nur zweistöckig gebaut, die Appartements wie auch die Arbeits- und Behandlungsräume ringförmig angeordnet um Innenhöfe, die alle sehr hübsch mit Kübelpflanzen auf Steinfließen oder Rasenflächen und Rabatten gestaltet waren. Ein Gärtner war ständig bei der Arbeit zu sehen. Dann erkannte Annika die aufgeregte Stimme von Sally, die mit dem Duktus eines aufgeregten kleinen Mädchens sprach:

»Aber er hat gesagt, die Bahn wäre abhängig von der Tide. Also ich habe das so verstanden, dass sie manchmal hier auf der Insel übernachten müssen, weil die Bahn nicht zurückfahren kann. Vielleicht ist die Flut manchmal zu hoch?«

»Was für ein Unsinn! Und das hast du ihm geglaubt?«

Das war die Stimme von Ruth, der gestrengen Alleinerzieherin mit dem geklonten Sohn.

»Na ja, ich weiß es nicht. Er ist jedenfalls am Wochenende hier, und heute Abend haben wir uns verabredet, er will mit mir in ein schickes Lokal in Kampen fahren.«

»Also die Bahn fährt ja über den Hindenburgdamm. Der wurde 1927 in Betrieb genommen und ist, soweit ich weiß, nie von einer Sturmflut beschädigt oder überschwemmt worden. Bevor es den Damm gab, fuhr man mit der Eisenbahn bis Tondern, von dort aus ging es per Dampfer zum alten Hafen in Munkmarsch. Das war eine Fahrtroute, die tatsächlich von der Tide abhängig war.«

»Ach je, was du alles weißt.«

»Steht alles im Reiseführer. Und auf sämtlichen Touristenprospekten. Und im Internet.«

»Ich habe noch gar nichts über die Insel gelesen, keine Zeit dazu gehabt. Also jedenfalls ist Tjorben bei der Bahn und hat das ganze Wochenende Zeit für mich. Und er ist echt süß.«

»Hmhm«, entgegnete Ruth gelangweilt. »Und er ist noch zu haben?«

»Ja, stell dir vor«, kicherte Sally. »Nicht, dass ich ihm da falsche Hoffnungen gemacht hätte – aber flirten ist ja erlaubt, oder?«

»Ja, klar«, sagte Ruth, aber es klang wie: »Wenn es sein muss.«

»Also ich finde, Männer und Frauen flirten immer. Das ist nun mal so, das ist unsere Natur.«

»Was für eine Natur?«

»Also echt«, sagte Sally nach einer Schrecksekunde. »Du stellst vielleicht komische Fragen. Natur ist das, wie Gott uns geschaffen hat. Oder wie soll ich es sagen?«

»Natur ist auch nur so eine Idee«, entgegnete Ruth. »Ich bin auch Natur, aber ich flirte nie mit Männern. Was sagst du dazu?«

»Das ist vielleicht auch etwas unnatürlich.«

Ruth lachte rau. »Okay, ich gebe mich geschlagen. Ich bin ein unnatürlicher Mensch.«

»Du, sag mal, ohne dir zu nahetreten zu wollen – bist du eigentlich mit Frauen … ich meine …«

»Zusammen? Ja, ich bin lesbisch. Das ist meine Natur.«

»Und wie ist das so? Ich meine, ist das auch schön?«

»Ich finde nur das schön«, sagte Ruth. »Reicht das?«

Sally kicherte. »Entschuldige, wenn ich dir zu nahegetreten bin. Aber bei uns zu Hause, da treffe ich nie solche Frauen wie du. Zumindest kenne ich keine. Und dann fragt man sich ja doch manchmal, was ihr so … empfindet.«

Ruth schwieg. Dann sagte sie sehr langsam: »Weißt du, Sally, Hetero- und Homosexualität gehören zusammen wie ein rechter und ein linker Schuh. Das eine gibt es nicht ohne das andere. Es ist nur eine Definitionsfrage: Du kannst bestimmt auch Frauen lieben, es ist Mensch doch ganz egal, wer über unsere Haut streichelt oder seine Lippen auf unsere drückt. Solange wir Kinder sind, halten wir Händchen und kuscheln uns aneinander, ganz egal, ob wir Jungs oder Mädchen sind. Dieses Auseinanderdividieren beginnt erst, wenn es um soziale Rollenzuweisungen geht, wenn Gesellschaft entsteht und Machtverhältnisse ausgehandelt werden. Hast du dich noch nie am Busen einer Freundin ausgeweint?«

»Doch, klar. Aber trotzdem … ich würde nie …«

»… mit ihr knutschen? Oder ins Bett gehen?«

»Nein! Natürlich ist doch, dass Männer und Frauen Kinder dabei zeugen. Dass wir Spaß daran haben, ist sozusagen nur eine Zugabe. Und dazu muss man eben …«

»… heterosexuell sein?«, fragte Ruth. »Und was hältst du dann davon, dass viele Paare heute ihre Kinder vom Onkel Doktor im Labor basteln lassen? Sind sie deshalb nicht mehr heterosexuell?«

»Doch! Sie sind ja meistens auch verheiratet. Oder jedenfalls …«

»Jedenfalls haben sie Sex miteinander.«

»Genau.«

»Ist es also nur dieser kleine Moment des Sexes, der alles entscheidet? Und wie ist es bei Paaren, die gar keinen Sex mehr miteinander haben?«

Sally zuckte die Achseln. »Worauf willst du denn hinaus?«

»Auf die Irrelevanz der Natur, auf die Konstruiertheit von sogenannten natürlichen Geschlechtervorstellungen. Ich kenne Frauen, die schlafen mit Männern und Frauen, je nachdem, wen sie gerade anziehend finden.«

»Die sind dann wohl bi«, murmelte Sally.

»Ja, ja, die sind bi, und ich bin homo, und du bist hetero. Hauptsache, das Kind hat einen Namen.«

»Also ich frage mich gerade, ob ich überhaupt etwas Vernünftiges anzuziehen habe für heute Abend. Ob das sehr schick da ist in Kampen?«

»Kampen!«, wiederholte Ruth gelangweilt. »Schicker geht's ja wohl nicht.«

»Und sag mal, könntest du dann vielleicht mal nach Karla gucken – nur für den Fall, dass es richtig spät wird bei uns. Sie ist ja schließlich erst dreizehn, auch wenn sie älter aussieht …«

Den Nachmittag verbrachte Annika zusammen mit Mattis und ein paar anderen Frauen mit ihren Kindern am Strand von Westerland. Mit einer Bescheinigung des Mutter-Kind-Heimes mieteten sie sich für wenig Geld zwei Strandkörbe, in denen Annika den ganzen Nachmittag über im Schatten lag und einen Sylt-Roman las, den sie ziemlich langweilig fand. Aber es war nett, etwas über die Insel zu lesen, während man sich gerade genau dort befand. Und ein paar Informationen erhielt man auch, wenn auch umständlicher als in einem Reiseführer.

Mattis hatte stundenlang Sand geschaufelt und im Wasser geplanscht, aber trotzdem war er nach dem Abendessen nicht so müde wie am Vorabend. Natürlich, nun, wo Annika sich etwas vorgenommen hatte und gern pünktlich um halb neun an der Strandpromenade sein wollte, konnte der Kleine keine Ruhe finden. Erst spielte er bis halb acht wilde Spiele mit Kent, bis Birgit ihren Sohn in die Badewanne steckte. Dann wollte Mattis auch baden, und zwar stundenlang und mit allen Wassergummitieren, die verfügbar waren. Um acht Uhr lag er endlich im Bett, hellwach und aufgedreht, und wollte noch etwas vorgelesen bekommen. Annika las ihm zum x-ten Male Pinocchio vor, erst zwei Kapitel, dann noch eins und noch eins und noch eins. Mattis konnte nicht genug bekommen.

Endlich fielen ihm die Augen zu. Es war kurz vor halb neun, und Annika hatte sich noch nicht umgezogen. Schnell sprang sie unter die Dusche und fuhr anschließend in eine saubere Jeans, zog rasch den ersten besten Baumwollpullover über den Kopf. Nun war es halb neun. Ob Hans wohl auf sie wartete? Oder ob er sich bald enttäuscht abwandte und allein über den Strand wanderte? Aber ein bisschen Geduld würde er doch haben, es gab doch alles Mögliche zu trinken auf der Promenade und den Sonnenuntergang anzuschauen.

Nervös steckte Annika das Babyphone in die Steckdose, lief zum Zimmer der Nachtschwester, aber die war nicht an ihrem Platz, sondern irgendwo im Einsatz. Verzweifelt wog Annika das Babyphone in der Hand. Sie würde keine Ruhe haben, wenn sie Mattis allein in seinem Zimmer ließe. Sie klopfe an Ruths Zimmertür, hinter der sie bereits am Nachmittag verschwunden war. Ruth öffnete.

»Dein Babyphone?«, fragte die hagere Controllerin spöttisch. »Willst du nicht lieber meinen Sohn als Babysitter anheuern? Der schläft nämlich noch lange nicht, und der kann richtig gut babysitten.«

»Das ist eine gute Idee, aber heute echt nicht nötig. Mattis schläft schon tief und fest. Ich will nur noch ein bisschen spazieren gehen. Könntest du das Ding bei dir einstecken? Es würde mich sehr beruhigen!«

Ruth nahm ihr das Gerät und den Zettel mit ihrer Handynummer ab und wünschte einen schönen Abend. Annika war sich ganz sicher, dass Ruth ahnte, was sie vorhatte. Aber zum Glück schwieg sie, vornehm und zurückhaltend, wie sie war.

In der Fußgängerzone war der Teufel los, Menschentrauben vor den Cafés, bei *Gosch* gab es keinen einzigen freien Hocker mehr an den hohen Tischen. Die Stimmung war ausgelassen, die Leute feierten hier offenbar jeden Abend. Mühsam bahnte Annika sich ihren Weg durch die Menschentrauben, verfiel in Dauerlauf, sowie ein bisschen Platz auf dem Weg war. Sie war schon wieder durchgeschwitzt, als sie den Strandaufgang erreichte. Es war kurz vor neun Uhr, bestimmt war Hans jetzt nicht mehr da.

Sie lief die Holztreppe hinunter, drängelte sich wieder durch gut gelaunte Menschenmengen, die sich nur im Schneckentempo vorwärtsschoben. Endlich gelangte Annika an die Stelle, wo sie sich am Vorabend von Hans getrennt hatte. Und tatsächlich stand er wieder da, mit dem Rücken zu ihr, an das Holzgeländer gelehnt. Sie erkannte ihn sofort an seinem breiten, kräftigen Bauernschädel mit den rot-grau melierten Löckchen und an der gedrungenen, aber trotzdem irgendwie eleganten Statur. Heute Abend trug er Jeans und ein helles Hemd, über das er eine Lederweste gezogen hatte. Er sah aufs Wasser, wo die Sonne gerade hinter einer Schleierwolke verschwand.

»Hallo«, sagte Annika. »Schön, dass du noch da bist.«

Endlich hörte Hans sie und drehte sich um. Ein breites Lächeln erschien auf seinem Gesicht. Er legte ihr freundschaftlich eine Hand auf die Schulter, sie umarmten sich etwas steif und förmlich.

»Entschuldige, es ging nicht eher«, sagte Annika.

»Musstest du so lange arbeiten?«

»Genau!« Sie unterdrückte eine Grimasse, als sie sah, dass Hans seine Frage ernst meinte. »Ja, wir schließen immer erst gegen acht, und dann musste ich mich noch schnell umziehen. Hast du auch heute arbeiten müssen?«

»Ich? Nein. Das heißt, doch, ein bisschen.«

»Ein bisschen Eisenbahn fahren?« Annika lachte. »Wie geht das denn?«

»Ach weißt du, das erzähle ich dir später mal«, sagte Hans. »Komm, lass und hier aus dem Rummel verschwinden. Gehen wir an den Strand?«

»O ja, gehen wir ein Stück am Wasser entlang.«

Sie drängelten sich durch die Menge, an allen Ecken dröhnte Musik aus Lautsprechern, es war laut und unheimlich voll. Die meisten Leute schienen schon ziemlich viel getrunken zu haben.

Auf dem Strand zog Annika ihre Sandalen aus, krempelte die Hosen hoch und lief barfuß weiter. Der Sand war angenehm kühl und glatt. Hans behielt seine Turnschuhe an. Sie liefen eine ganze Weile auf feuchtem, festem Strand, bis es ruhiger um sie herum wurde. Es wurde schnell dunkel, denn die Sonne war nun ganz verschwunden, und die Lichter der Promenade verloren sich in der Dämmerung. Annika war plötzlich müde.

»Setzen wir uns ein wenig in den Sand?«

Sie hockten sich nahe nebeneinander, die Knie aufgestellt, und schauten auf die ruhige Wasserfläche. Es gab so gut wie keine Wellen, auch keinen Wind, zumindest nicht hier in Deichnähe.

»Erzähl mir was von dir«, sagte Hans und lehnte sich zaghaft an ihre Seite. »Wie lebst du? Wer bist du? Warum bist du hier?«

Mit Schrecken spürte Annika, wie ihr Handy vibrierte. Sie griff in ihre Jackentasche, eine SMS.

»Ich – es tut mir leid, ich muss da mal eben drangehen«, stammelte sie und wischte über die Oberfläche. Aber es handelte sich nicht um einen Notruf von Ruth, der einen schlaflosen Mattis betraf, sondern um eine Nachricht von Pascal. Ausrechnet jetzt! Wochenlang hatte er sich nicht gemeldet und jetzt, hier, musste er sie anfunken? Sie wollte nicht lesen, was er geschrieben hatte, aber den ersten Satz hatte sie schon erfasst, und also musste sie weiterlesen: »Wo seid ihr?«, schrieb er auf Französisch. »Ich bin in Deutschland und komme, um Mattis abzuholen für die Ferien in Frankreich. Antworte bitte schnell!«

Kalte Wut erfüllte Annika. Was fiel ihm ein? Monatelang hatte er nicht nach Mattis gefragt, nicht auf seine kleinen, süßen telefonischen Nachrichten und Postkarten geantwortet – und jetzt wollte er ihn plötzlich abholen? Um was mit ihm zu tun? Um ihn seiner Mutter aufs Auge zu drücken, die ihn den ganzen Nachmittag über das französische Fernsehprogramm gucken ließ und ihn mit Madeleines vollstopfte?

Annika schaltete das Handy aus und schob es wieder in ihre Jackentasche. Hans hatte sich von ihr weggedreht und irgendetwas im Sand gefunden, das er aufmerksam betrachtete.

»Schlechte Nachrichten?«, fragte er beiläufig, ohne wirklich neugierig zu klingen.

»Nichts Besonderes«, sagte Annika und verkniff sich anzuhängen: Männergeschichten. Das passte ja nun gar nicht. Hans sah irgendwie nicht aus, als wenn er sich mit Kindersorgen und einer kaputten Ehe auskennen würde. Er sah total cool und autonom und mit sich selbst im Reinen aus. Vielleicht war er Witwer? Oder ein Einzelgänger … Sie wollte ihn nicht mit ihren chaotischen Familienverhältnissen abschrecken. Eine frisch getrennte Frau mit Kind war keine verlockende Partie. Eine alleinerziehende Mutter auf Kur mit dem Mütter-Genesungswerk klang noch schlimmer und außerdem furchtbar unerotisch. Lieber blieb sie die flippige Kellnerin, die hier auf der Insel jobbte, zu allem bereit war, unabhängig und ohne Angst vor irgendetwas. Nur abends durfte sie sich nicht wieder mit ihm verabreden, das war zu kompliziert mit Mattis. Sie würde sagen, dass sie abends arbeiten musste. Falls sie sich überhaupt noch einmal wiedersehen würden.

»Was hast du da gefunden?«, fragte sie und schaute ihm über die Schulter. Wie gut er roch! Sie mochte sein Aftershave. Und auch wie er selbst roch – das war schon die halbe Miete.

»Das ist ein Windkanter. Siehst du hier!« Er fuhr mit dem Zeigefinger über eine scharfe Kante des handtellergroßen Steins, den er im Sand gefunden hatte. Der Stein war hell und hatte eine streifenförmige Maserung an den beiden Seiten, die spitz zuliefen wie ein Hausdach. »Diese Kante wurde vom Wind und durch vom Wind getriebenen Sand geschliffen. Das ist sogar ein Mehrkanter, hier, auf der anderen Seite hat er auch eine Kante. Siehst du?«

Hans nahm Annikas Hand und führte ihren Zeigefinger über die beiden scharfen Kanten. »Manchmal werden solche Steine auch vom Eis geschliffen. Aber dieser hier wohl eher nicht.«

»Du kennst dich gut aus.«

»Ich sammle Steine. Vor allem Windkanter. Ich mag alles, was ein bisschen kantig ist. So wie du.«

Annika sah auf und begegnete seinen lachenden Augen. Er hatte eine helle, weiche Unterlippe, die sich nun etwas über die Oberlippe schob, als sei er unschlüssig, wie sie auf seinen Vorstoß reagieren würde. Aber Annika gefielen seine Worte. Sie lächelte, bis er sie zu sich heranzog. Dann schlang sie ihre Arme um seinen Hals wie eine Ertrinkende und versenkte ihr Gesicht an seiner Schulter.

»Schön, dass wir uns getroffen haben, nicht wahr?«, murmelte Hans nach einer Weile. »Oder was meinst du?«

Annika fing an zu kichern, bis er sie küsste und sie damit der Antwort enthob.

Kapitel sieben

Als Susan Leuwerik sie zuletzt gesehen hatte, vor ungefähr vier Wochen, hatte Corinchen gerade angefangen zu laufen; und heute rannte ihr Enkelkind schon wie der Blitz durch den Garten. Die Beinchen flogen über den Rasen, die Ärmchen ausgestreckt, dabei stieß das Mädchen glückliche Schreie aus. Das konnte ja nur schiefgehen … und schon lag sie auf der Nase. Nach einer kurzen Schrecksekunde erhob sich gellendes Gebrüll.

Susan Leuweriks Schwiegertochter war sofort zur Stelle, nahm ihre Tochter hoch und drückte sie an sich. Vater Till blieb derweil auf dem Gartenstuhl sitzen, trommelte mit den flachen Händen auf die Lehnen und ließ sich nicht stören bei seiner Grübelei.

»Du musst jetzt einfach cool bleiben, Mama«, sagte er. Er war quasi allein bei seiner Mutter aufgewachsen, sie hatte sich von seinem Vater getrennt, als er noch ganz klein war. Der hatte zwar für ihn bezahlt, sich auch hin und wieder mal um ihn gekümmert, aber als seine Eltern bezeichnete Till für gewöhnlich nur seine Mutter. Als sie beschlossen hatte, nach Sylt zu ziehen, hatte er ihre Hamburger Wohnung in Altona übernommen und war dort gemeinsam mit seiner holländischen Frau Grietje eingezogen. Vor gut einem Jahr war Corinne dazugekommen, ihr großes Glück. Till Leuwerik war Architekt und hatte sich vor kurzem mit einem eigenen Büro in Hamburg niedergelassen. Zum Leidwesen seiner Mutter bewarb er sich aber nicht um Projekte des sozialen Wohnungsbaus, solide städtische Bauvorhaben oder moderate Privathäuser, sondern er baute mit Vorliebe ausgefallene Villen oder Luxushotels.

»Erstens kann man allein damit heutzutage eine Familie ernähren«, hatte er ihr erklärt. »Zweitens kann man nur so wirklich gut planen und bauen, sinnvoll und zukunftsträchtig. Ich habe keine Lust, mit schmalen Budgets wackelige Bruchbuden hinzustellen, die nach ein paar Jahrzehnten wieder abgerissen werden müssen. Und ich bin auch – noch – kein Le Corbusier, der wirkliche Zukunftsvisionen für die breite Masse realisieren kann. Ideen hätte ich dafür schon! Aber für die Umsetzung und Durchsetzung muss ich mir das nötige Know-how erst in der Praxis aneignen. Ganz egal, was ihr, du und Wolfgang, davon haltet.«

Wolfgang war sein Stiefvater. Susan und er waren viele Jahre ein Paar gewesen, wenn er jemanden als Vater bezeichnete, dann eher ihn, denn mit ihm war er fast zehn Jahre lang aufgewachsen. Aber auch von Wolfgang hatte seine Mutter sich wieder getrennt. Die beiden waren jedoch noch befreundet. Wolfgang war Anwalt und lebte in Hamburg. So war seine Mutter nun mal, immer penibel und genau, wenn es um ihre privaten Beziehungen ging. Eigentlich konnte ein Mann es ihr nie ganz recht machen, und Fehler verzieh sie ihnen nur mühsam oder gar nicht. Mit ihren Angestellten war sie großzügig und kulant, aber im Freundeskreis und in der Familie kannte sie kein Pardon. Da gab es nur gut oder schlecht, schwarz oder weiß. Nur er als ihr Sohn hatte eine Sonderstellung. Er war aber auch wirklich ein toller Typ! Vieles fiel ihm zu, das war schon in der Schule so gewesen. Er sah gut aus, lernte leicht und war irgendwie ein Sonnyboy. Und er bildete sich noch nicht einmal viel darauf ein.

»Ich werde alles noch mal ganz genau durchprüfen. Die Kostenvoranschläge der beiden Architekten, die der Trägerverband eingeholt hat, und auch das Gutachten dieses Statikers aus Leck, den der Klempner ins Spiel gebracht hat. Wann hat der euch eigentlich diese Kellersanierung ausgeredet?«

»Das war lange vor meiner Zeit«, meinte Susan. »Ich glaube 1999. Er war wohl der Ansicht gewesen, es genüge, die Regenrinnen zu erneuern. Das Seltsame ist ja, dass mein Vorgänger über Jahrzehnte nichts gründlich saniert hat, obwohl genug Geld da gewesen wäre. Er hat immer nur alles flicken lassen, und frage mich nicht, zu welchen Preisen. Woher auch immer Meierdirks diese Handwerker hatte, auf jeden Fall hat er enorme Gelder für sinnloses Flickwerk ausgegeben, statt vernünftige Rückstellungen zu bilden, mit denen man dann Instandhaltung hätte betreiben können. Vielleicht ist das Geld ja auch irgendwo versickert, veruntreut – ich weiß es nicht. Ich kann es auch alles nicht beweisen, weil mir die Unterlagen aus dieser Zeit nicht zugänglich sind.«

»Geht dich ja auch eigentlich nichts an. Wo ist denn dieser Meierdirks jetzt?«

Susan zerstocherte mit der Kuchengabel ihre Serviette. Die Tortenstücke, die sie extra von der Insel-Bäckerei Abeling geholt hatte, weil Till – im Gegensatz zu ihr – so ein Kuchennarr war, waren schon vertilgt, nur ein Sahnerest auf dem Servierteller zerrann langsam in der Sonne.

»Der ist die Treppe raufgefallen, aber gleich bis ganz nach oben. Er ist von hier aus Geschäftsführer des Bezirksverbands geworden. Und jetzt wurde er gerade für einen Vorstandsposten im Bundesverband vorgeschlagen.«

»Du glaubst doch selbst nicht, dass du ihm dann noch irgendetwas ans Zeug flicken kannst? Ach, Muttchen, das hättest du mir auch gleich sagen können.«

»Nun wirf mal nicht gleich die Flinte ins Korn, Söhnchen. Dieser Filz auf der Leitungsebene ist es doch gerade, der ein vernünftiges Arbeiten hier so schwer macht. Aber ich habe schon eine ganze Menge alter Unterlagen aus dem Keller gesichtet. Ich kann nachweisen, dass Meierdirks über Jahre keine Rücklagen gebildet hat. Ich kann zwar noch nicht aufzeigen, wo das Geld hingekommen ist, aber ich kann in etwa den Betrag nennen, der über die Jahre versickert ist – nämlich ungefähr der Betrag, der jetzt fehlt, um das Kurheim renovieren zu können. Ich darf doch nicht zuschauen, wie wir hier dichtgemacht werden, nur weil es vorher jahrzehntelang Misswirtschaft gab. Till, das musst du doch verstehen!«

Susan war heftig geworden, und Grietje machte einen Schlenker zu den Rosenbüschen mit der kleinen Corinna, die gerade voller Stolz zur Großmutter an den Tisch marschieren wollte.

Till nickte beschwichtigend, er kannte ja den Kampfesgeist seiner Mutter. Früher hatte er sie dafür bewundert, aber heute fand er sie eher rührend und manchmal nervig. Sie lebte irgendwie immer noch in der Welt der Siebzigerjahre, wo es perfekte Feindbilder gegeben hatte, böse Kapitalisten und gerechte Arbeiter und dann den Staat, der die Kapitalisten schützte. Er hatte das alles nie ganz verstanden. Till zog die Augenbrauen hoch. »Hauptsache, du hast mal wieder einen Gegner. Und etwas, worum du kämpfen kannst.«

Susan ließ sich ihren Ärger nicht anmerken. Sie strich sich ein paar Kuchenkrümel von der Baumwollhose und zupfte ihr weit ausgeschnittenes schwarzes T-Shirt zurecht. Sie musterte ihren Sohn von oben herab.

»Was wetten wir – wenn ich es schaffe, das Haus zu erhalten, spendierst du mir eine Reise auf die Kanaren?«

»Gute Idee. Und wenn du es nicht schaffst?«

»Wenn ich es nicht schaffe, bin ich demnächst arbeitslos, und du kannst mir die Reise ebenfalls bezahlen. Aber dann musst du selbst noch mitkommen.« Sie lachte keckernd, als wollte sie die Lachmöwen herausfordern, die ihnen schon den ganzen Nachmittag über lautstark Gesellschaft leisteten.

Till erhob sich und streckte seine Hand aus. »Aber dann musst du auf Corinna aufpassen.«

Susan Leuwerik schlug ein, und beide lachten. Mutter und Sohn waren schon immer ein unschlagbares Duo gewesen. Susan war sich ganz sicher, dass sie diesen Meierdirks knacken würde. Sie wusste noch nicht wie, aber sie würde es schaffen.

Den ganzen Sonntag über hatte Annika auf einen Anruf von Hans gewartet. Dabei hatte sie ihm selbst gesagt, dass sie am Sonntag keine Zeit haben würde, sondern arbeiten müsse. Er hatte wieder wissen wollen, wo sie arbeitete, aber sie hatte ihn hingehalten.

»Bitte frag nicht danach. Ich bin noch nicht lange da, und die Chefin ist ein echter Besen. Ich glaube, sie schmeißt mich raus, wenn ich während der Arbeit Besuch bekomme.«

»Während der Arbeit nicht, es sei denn, ihr habt etwas Gutes zu essen im Angebot?«

Annika schüttelte den Kopf. »Nichts Besonderes.«

»Aber Abholen könnte ich dich doch.«

»Ruf mich lieber an, wenn du magst«, hatte Annika gesagt und ihm ihre Handynummer gegeben.

Aber er rief nicht an. Vielleicht befürchtete er, dass sie keine Zeit hatte, dranzugehen. Es war eine dumme Geschichte, die anfing, sie zu beunruhigen. Spät in der Nacht, als es ihnen zu kalt geworden war am Strand und sie langsam am Deich entlang zurückspaziert waren, durch die Straßen von Westerland, die noch aufgeheizt waren von der Hitze des Tages, hatte sie einen Augenblick lang erwogen, ihm einfach die Wahrheit zu sagen: dass sie eine Kur machte auf Sylt, zusammen mit ihrem kleinen Sohn, dass sie in Scheidung lebte und sich allein fühlte und eigentlich überhaupt keine Ahnung hatte, wie ihr Leben weitergehen sollte.

Aber da hatte er ihr den Arm um die Schulter gelegt, sie ein bisschen enger an sich herangezogen und leise gesagt: »Du bist die erste Frau seit Langem, die ich kennenlerne, bei der ich nicht das Gefühl habe, nur irgendeine kleine Affäre nach einer großartigen, gescheiterten Ehe zu sein. Ich kann, ehrlich gesagt, all diese Geschichten von verlassenen Frauen nicht mehr hören. Genauso wenig wie den Trouble, den sie mit ihren Kindern haben. Mit dir kann man sich endlich auch mal wieder über etwas anderes unterhalten.«

»Tatsächlich?«, hatte Annika gemurmelt. Der Schreck war ihr ordentlich in die Glieder gefahren.

»Ja. Du kannst dir vermutlich nicht vorstellen, wie viele einsame Singles hierher nach Sylt fahren und hoffen, ein anderes einsames Herz zu finden, das nur auf sie gewartet hat.«

»Und wie ist es mit dir? Bist du auch so ein einsames Herz?«, fragte Annika leicht genervt von seiner Selbstgefälligkeit.

»Nein«, sagte Hans. »Ich bin kein einsames Herz.«

»Aber ein einsamer Wolf, oder?«

»Nein.« Hans lachte leise. »Ich bin auch kein Wolf. Ich reiße keine Frauen auf, und ich bin auch nicht auf der Jagd. Und gerade darum habe ich vielleicht dich gefunden.«

Was für ein Irrtum, dachte Annika und überlegte entsetzt, dass sie nun für immer in diesem goldenen Käfig aus seinen Projektionen sitzen würde, wenn sie dessen Gitter nicht so schnell wie möglich wieder aufsprengte. Aber jetzt mochte sie es noch nicht tun. Sie wollte noch einen Moment lang diese unterstellte Einzigartigkeit genießen, sie wollte so gern diese tolle, selbstständige, unabhängige

Frau sein, mit der man Pferde stehlen konnte, die Ecken und Kanten hatte und nicht nur über eine kaputte Ehe und ihre Kinder sprach. Obwohl sie das sonst ja auch so gern tat – überhaupt gern über Beziehungen sprach. War etwa daran ihre Ehe mit Pascal gescheitert? Dass sie immer mit ihm über ihre Beziehungsprobleme hatte sprechen wollen und nicht über Musik, Kultur, Politik und Gott und die Welt, worüber sie sich früher, als sie sich kennenlernten, stundenlang hatten austauschen können? Er war schließlich ein Künstler – aber sie war nun mal keine Künstlerin. War es nicht genau das, was er ihr vorgeworfen hatte bei ihrem einzigen wirklichen Streit, diesem nächtlichen Gefecht am Gardon, wo sie sich in früheren Zeiten stundenlang geliebt hatten, nur auf einer Decke, nackt unter dem Himmel? Ein Mann und eine Frau und sonst nichts als die Natur um sie herum. Der Wind, der über ihre Haut strich, der Sand unter ihnen, das Rauschen des Flusses in den Ohren und die dunkle Nacht wie eine schützende Hülle um sie herum. Hans hatte recht, sie war eine Frau, die von einem Augenblick zum anderen zu allem bereit war, was das Leben ihr bot. Sie war es auch heute noch, wurde ihr klar, genau wie früher, er sollte es nur ausprobieren! Sie hatte nie Kerzenschein gebraucht, um Pascal zu lieben, kein Eheversprechen, keinen Schwur ewiger Liebe – sie liebte, weil ihr jemand gefiel. So wie ihr Hans gerade gefiel. Sie liebte es, an seiner Seite zu gehen und zu schweigen – nicht, weil sie nichts zu reden wusste, sondern weil sie diese wunderbare schweigende Übereinstimmung mit ihm genoss. Sie hatte keine Ahnung, wohin sie das führen würde und ob sie im Augenblick eine Bindung wollte oder nicht. Sie war eigentlich froh, endlich wieder ungebunden und frei zu sein. Aber sie liebte die Liebe, wann immer sie sich einstellte, sie liebte es, zu begehren und begehrt zu werden, sich hinzugeben, um sich doppelt glücklich wieder zurückzubekommen. Sie wollte nur das von ihm, sonst nichts. Kein

Frühstück auf dem Sonnenbalkon, keine Versprechungen für die Zukunft, keine tollen Essenseinladungen, keine Geschenke.

»Was denkst du gerade?«, fragte Hans leise.

»Ich denke, dass du recht hast«, sagte Annika. »Wir haben uns gefunden, weil wir uns nicht gesucht haben.«

Irgendwie hatte sie es dann geschafft, sich aus der folgenden langen Umarmung zu befreien und sich von Hans zu trennen. Der Weg zurück zum Kurheim war nicht mehr weit. Nachdem sie es geschafft hatte, Hans wegzuschicken, hatte sie sich wie eine Verbrecherin immer wieder umgeschaut, ob er ihr auch nicht folgte. Aber er war diskret dort stehen geblieben, wo sie ihn verlassen hatte, hatte nur liebevoll gewinkt, als sie sich umwandte. Beim zweiten oder dritten Mal war er dann verschwunden gewesen.

Punkt halb neun summte Annikas Handy leise und zeigte eine unbekannte Nummer an. Sie hatte gerade den Vorhang zu Mattis' Schlafkammer geschlossen. Mattis war wie am ersten Tag umgehend eingeschlafen und ruhte tief und fest in Morpheus' Armen. Annika nahm den Anruf entgegen und meldete sich mit einem leisen

»Hallo?«

»Hallo«, hörte sie Hans am anderen Ende sagen, und ihr Herz fing an zu klopfen vor Freude. »Kannst du sprechen?«

»Ja«, sagte Annika. »Ich bin gleich fertig hier.«

»Können wir uns sehen?«

»Ja.«

»Selber Ort, wie gestern? Oder willst du zu mir kommen?«

»Zu dir? In deine Eisenbahn?«

Hans lachte leise. »So ungefähr. Ich hole dich ab. Ach, nein, das soll ich ja nicht tun. Also wir treffen uns auf der Promenade und fahren zu mir, okay?«

Ein bisschen mulmig war Annika die Vorstellung doch, mit einem fremden Mann in dessen Wohnung zu gehen, aber andererseits war es auch nicht besonders viel sicherer, sich mit ihm in den Dünen oder am Strand herumzutreiben. Es war heute tagsüber bedeckt gewesen. Gegen Abend war Wind aufgekommen, Westwind, wie die kluge Ruth bemerkt hatte. Und Westwind brachte Wetterwechsel, womöglich Regen und Abkühlung. Annika hatte keine Decke, die sie hätte mitnehmen können, und sich einfach so im Sand zu wälzen war einmal ganz okay, aber man musste es nicht jeden Abend wiederholen. Ihre Sachen waren gestern Abend voller Sand gewesen.

Gebadet hatte sie schon zusammen mit Mattis nach dem Abendessen, sie zog also nur schnell frische Wäsche und ein sauberes T-Shirt an. Sie bürstete ihr Haar vor dem Spiegel und stellte erfreut fest, dass sie schon richtig Farbe bekommen hatte an den paar Tagen hier auf der Insel. Den ganzen Tag draußen, das reichte schon, man musste sich gar nicht extra in die Sonne legen. Sie warf noch einen Blick auf Mattis. Er schlief so tief und fest, dass sie es wagte, zu verschwinden, ohne ihr Babyphone irgendjemandem aufzudrängen. Es war auch schon viel zu spät dafür, kurz vor neun Uhr, die meisten Frauen waren schon ins Bett gegangen oder schauten den Sonntagabend-Tatort. Sie würde verdammt müde sein morgen, wenn sie die Nacht jetzt zum Tag machte. Aber egal, man lebte nur einmal. Sie konnte morgen Vormittag schlafen, wenn Mattis in der Kinderbetreuung war.

Hans wartete an der Promenade an ihrem Stammplatz und schaute ihr entgegen. Neben ihm lehnte Tjorben, der Sally im Arm hatte. Von wegen, die anderen Mütter schliefen alle schon! Sally zwinkerte ihr zu und lehnte sich an den großen, schlaksigen Mann mit dem fliehenden Kinn, der bestimmt zehn Jahre jünger war als sie. Ob sie ihm gesagt hatte, dass sie zur Mutter-Kind-Kur hier war? Aber es war ja auch egal. Männer tauschten sich in der Regel nicht aus über ihre Freundinnen. Und irgendwann würde sie es Hans sowieso sagen.

»Fahren wir?«, meinte Hans, und Annika spürte, dass es keine echte Frage war. Er wollte sofort fahren. Sie auch.

Schweigend, sich nur lose an der Hand haltend, drängelten sie sich durch die Massen auf der Promenade, die wie immer dem Sonnenuntergang huldigten, und stiegen am Deichaufgang die sandigen Treppen hoch. Ein großer, schwarzer BMW blinkte auf, als Hans auf dem Parkplatz vor dem Hotel Miramar seine Fernsteuerung bediente. Annika ließ sich auf die dicken Lederpolster gleiten, die Türen schlossen sich mit einem schmatzenden Geräusch.

»Darauf habe ich den ganzen Tag gewartet«, sagte Hans und legte ihr eine Hand aufs Knie. Er sah älter aus im matten Licht der Innenbeleuchtung. Hatte sie ihn überhaupt schon bei Licht gesehen? Es war immer dämmrig, ja dunkel gewesen. Und gestern Abend, unter den Straßenlaternen, hatte sie auch nicht so genau hingeschaut. Er war sicherlich schon über vierzig, viel zu alt für sie. Aber er sah gut aus, sehr männlich, und seine Augen leuchteten in einem tiefen Blau, als er sie so ansah. Dann nahm er die Hand weg und startete den Wagen.

Sie fuhren nicht weit, nur bis in den nächsten Ort, Wenningstedt. Hans kurvte ruhig durch ein paar biedere Wohnstraßen mit ein- oder zweistöckiger Bebauung. Vereinzelt standen Reetdachhäuser zwischen den Siebziger-Jahre-Bungalows. Die Einfahrt, in die er schließlich einbog, gehörte zu einem der Reetdachhäuser. Es sah gemütlich aus, nicht protzig, aber großzügig und ausgesprochen elegant.

»Hier wohne ich«, sagte Hans und lächelte. »Leider kein Eisenbahnwagen. Nur ein ganz normales Haus.«

»Habe ich mir schon gedacht«, sagte Annika. »Ist aber ziemlich schick hier.«

Sie stiegen aus, und Annika ging langsam hinter Hans

bis zur Eingangstür, die wie eine alte hölzerne Friesentür gestaltet war, mit Schnitzereien und einer Inschrift, die jetzt im Dunkeln nicht zu lesen war. So gutbürgerlich hatte sie sich seinen Lebensstil nun doch nicht vorgestellt, dachte Annika beklommen. Natürlich war Hans kein Eisenbahner, so wenig wie sie Kellnerin war. Aber ein solches Haus, hier auf Sylt – bestimmt war er verheiratet und sie nur eine kleine Sommeraffäre. Seine Frau war vielleicht gerade auf dem Festland, Verwandte besuchen. Oder zur Kur? Ob sie nun wohl ins Ehebett stiegen?

Widerwillen stieg in ihr hoch, am liebsten wäre sie umgekehrt und davongelaufen. Sie hatte ein Abenteuer gewollt, keine miese Affäre.

Aber Hans hatte die Haustür schon aufgeschlossen und hielt sie ihr auf. Vorsichtig trat Annika in den Flur, der jedoch gar kein Flur war, sondern nur ein kleiner Windfang, der direkt durch eine offene Tür in einen großen Raum führte, der fast die ganze Grundfläche des Hauses einnahm. Hans schaltete ein paar Lichter ein. Der Boden war mit roten, glasierten Kacheln ausgelegt, ein paar Teppiche und Felle lagen darauf verteilt. An der Wand der Tür gegenüber befand sich ein offener Kamin. Rechts davon stand vor einer großen Terrassentür, in der jetzt durch die Schwärze der Nacht ihre Gestalten zurückgespiegelt wurden, eine lederne Sitzgarnitur. Ein paar Tische, eine flache Anrichte mit einer Musikanlage und einem Tablett mit Flaschen und Gläsern, sonst gab es nichts in diesem Raum. Links vom Kamin lag eine Küchenzeile im Halbdunkeln, davor führte eine Wendeltreppe nach oben.

Hans schloss die Vorhänge und trat von hinten an Annika heran. Seine Hände schlossen sich vor ihrem Bauch, und er drückte ihr einen Kuss in die Halsbeuge.

»Was möchtest du trinken?«

»Nichts«, sagte Annika und drehte sich zu ihm herum. Dann begannen sie langsam, sich gegenseitig auszuziehen.

Kapitel acht

Lassen Sie die Schultern sinken, nehmen Sie eine entspannte Haltung ein, auch wenn Sie sich ganz gerade aufrichten. Stellen Sie sich vor, dass Ihr Kopf von einem goldenen Faden gehalten wird, heben Sie das Brustbein, lassen Sie das Kinn sinken, geben Sie ihr Dekolleté frei – Ihr Kopf hängt an einem goldenen Faden – Ihre Atmung geht ruhig ein und ganz langsam wieder aus. Atmen Sie ganz aus, nicht nur halb, halten Sie Ihren Atem nicht fest. Meistens halten wir den Atem im Alltag fest, ohne es zu merken. Lassen Sie alle Luft aus sich herausströmen, Sie bekommen ja gleich wieder frische Luft, mit dem nächsten tiefen Atemzug. Atmen Sie tief in den Bauch, lassen Sie die Schultern sinken.«

Endlich schwieg die Stimme der Trainerin, und Annika konnte sich wieder darauf konzentrieren, nicht einzuschlafen, nicht zu wanken und zu schwanken in ihrem Schneidersitz, der ihr an diesem Morgen nach der viel zu kurzen Nacht mit Hans einfach kein stabiles Gleichgewicht zu liefern imstande war. Sie war so müde, dass sie selbst in diesem Sitz mit den schmerzenden Knien sofort einschlafen würde, wenn sie es sich erlaubte. Doch das hätte noch gefehlt, dass sie hier vor allen anderen umfiele wie ein Sack Kartoffeln. Wo die anderen sowieso schon über sie tuschelten, weil sie offenbar mitbekommen hatten, dass ausgerechnet sie, die so unauffällig wirkte, eine Affäre angefangen hatte und schon zweimal nachts sehr spät nach Hause gekommen war. Die Sonne war definitiv schon aufgegangen gewesen, als Hans sie gegen Morgen zurück nach Westerland gefahren hatte. Er war nur in Shorts und Bademantel ins Auto gestiegen, Turnschuhe an den Füßen.

»Wenn dich nun jemand so sieht?«, hatte Annika gefrotzelt.

»Das macht nichts. Ich komme vom Baden, na und?« Er hatte ihr elegant die Tür seines Wagens aufgehalten. »Wohin darf ich die Dame bringen?«

»Nach Westerland«, hatte Annika gesagt. »Lass mich einfach irgendwo in der Nähe des Bahnhofs raus.«

Hans hatte die Arme über dem Lenkrad gekreuzt und das Kinn auf den Händen abgelegt. Schräg von unten hatte er sie von der Seite angesehen. »Immer noch kein Vertrauen zu mir, Süße?«

Annika hatte geseufzt und den Kopf geschüttelt.

»Wohnst du dort, wo du arbeitest? Dieses große Geheimnis, das du nicht lüften darfst? Also wenn ich nicht wüsste, dass es auf ganz Sylt nur einen einzigen klitzekleinen Puff gibt, würde ich denken, du verheimlichst mir ein dunkles Doppelleben als Prostituierte.«

Annikas Lachen klang etwas hysterisch. Aber Hans' Vermutung war auch so ungeheuerlich, absurd und vollkommen an der Wahrheit vorbei, sie konnte es nicht unterdrücken.

Hans startete den Wagen und fuhr aus seiner Auffahrt. Die Insel sah wieder aus, wie frisch gewaschen, obwohl es, zumindest solange Annika hier war, noch keinen Tropfen Regen gegeben hatte. Der Wind und die Seeluft schienen am Morgen regelmäßig alle Oberflächen blank zu putzen, und die Sonne, die sich jetzt langsam aus ihrem rosigen Nachtlager erhob, brachte sie satt und golden zum Leuchten. Über den Wiesen zwischen Wenningstedt und Westerland hingen noch ein paar milchige Nebelschwaden, sonst hatte der Sommersonnenmorgen schon alles fest in seiner strahlenden Hand.

Hans steuerte an lauter grünen Ampeln durch das Städtchen, in dem noch kein Mensch unterwegs war. Nur ein einsamer Hundebesitzer führte seinen Liebling vor dem Spielkasino Gassi. Hans bog an der Nicolaikirche ab und fuhr auf dem gänzlich leeren Taxistand am Bahnhof vor. Die Bahnhofsuhr zeigte genau fünf Uhr. Noch knapp zwei Stunden, bis Annikas Wecker klingeln würde, sofern Mattis sie nicht vorher weckte.

»Macht zwölf Euro siebzig«, sagte Hans und grinste. »Wann sehe ich dich wieder?«

»Wir telefonieren, okay? Ich glaube, heute Abend geht es nicht. Außerdem muss ich heute vermutlich mal früh ins Bett, sonst schlafe ich bei der Arbeit ein.«

»Das geht mir ähnlich«, sagte Hans. »Aber ich würde trotzdem einer Nacht ohne dich jede Nacht mit dir vorziehen.«

Annika lächelte und gab ihm ein prosaisches Küsschen. Es war wirklich eine sehr schöne Nacht gewesen.

»Außerdem kann man in meinem Bett auch ganz gut schlafen.« Er zog ihr Kinn zu sich heran und verwandelte ihr Küsschen in einen leidenschaftlichen Abschiedskuss.

»Das glaubst du doch selbst nicht«, murmelte Annika.

Dann hatte sie sich endlich energisch aus seiner Umarmung befreit und war aus dem Auto gestiegen, ehe ihre Leidenschaft sie wieder fesselte. Er war langsam neben ihr hergerollt, bis sie zwischen den Bahnhofsgebäuden verschwunden war.

»Hey! Nicht umfallen!« Sally tickte Annika von der Seite an. Annika schreckte auf. Nun war sie doch eingeschlafen, oder nicht? Sie schnappte nach Luft, besann sich dann wieder auf das langsame und tiefe Atmen und fing nebenbei einen kritischen Blick der Trainerin auf, die sowohl ihren Sekundenschlaf als auch ihre holprige Atmung genau im Blick hatte.

»Frau Gosch, wir können gern mal eine Einzelstunde machen, wenn Sie Probleme mit der Atmung haben«, sagte sie am Ende der Übungsstunde zu Annika. »Ich habe beobachtet, dass Sie so Ihre Probleme mit dem Ausatmen haben, das kann gravierende Gesundheitsschäden nach sich ziehen. Leiden Sie unter einer asthmatischen Erkrankung?«

Annika schüttelte den Kopf. »Nein, gar nicht. Ich bin nur so müde heute Morgen, habe nicht so gut geschlafen.«

»Auch Schlafstörungen können mit Atmungsproblemen zusammenhängen«, warf die Trainerin ein. Sie war zuständig für die Einführung in verschiedene Entspannungsmethoden wie das Autogene Training, Qi Gong und Tai Chi; auch Feldenkrais und Alexandertechnik unterrichtete sie. Alles, was mit Atmung zu tun hatte. Genau richtig hier auf der Insel, wo so viele Menschen mit Atemwegsproblemen Linderung oder Heilung suchten.

Sally, die am Ausgang der Sporthalle auf Annika gewartet hatte, legte einen Arm um ihre Schultern.

»Ja, ja, unter uns Pastorentöchtern: Mit Atmung hat unser Schlafdefizit ja nun bestimmt nichts zu tun, oder?« Sie kicherte. »Und ich hatte gedacht, ich sei als Letzte an Bord gekommen, heute Morgen. Aber du bist ja noch später gekommen – es war schon nach fünf Uhr, oder? Ich wollte gerade unter die Decke schlüpfen …«

»Du hast mich gesehen? Ja, ich …«

»Ich weiß schon, Hans heißt deine Schlafstörung, stimmt's?«

Annika entzog sich der Umarmung und versuchte, in Sally Gesicht zu lesen, wieweit man ihr vertrauen konnte. Aber in dem weich konturierten Gesicht unter der strohblonden Sturmfrisur standen nur gutmütiger Spott und ein sentimentales Lächeln. Auch sie sah müde aus und war vermutlich auch noch ein bisschen verkatert.

Kehre lieber vor der eigenen Haustür, dachte Annika und fragte mit etwas mehr Wohlwollen in der Stimme: »Bist du auch mit deinem Tjorben versackt?«

»Und wie, am Strand, ganz romantisch! Zum Glück hatte er eine Decke dabei. Er übernachtet ja bei seiner Schwester, wenn er hier auf Sylt ist. Da kann er natürlich keinen Besuch empfangen. Er hat kein eigenes Haus wie dein Hans! Also da hast du ja echt den Vogel abgeschossen, ja, ja, stille Wasser …«

»Und was macht Tjorben? Der ist doch auch kein Eisenbahner, oder?«

Sally prustete los. »Ihr immer mit diesem Eisenbahnergag – Tjorben macht in Immobilien. Ich glaube, er macht das ganz schön gut! Gestern hat er mich jedenfalls eingeladen in die *Sansibar* – abends. Die Abendkarte ist da richtig teuer. Und dann hätte er für uns fast ein Hotelzimmer genommen – also echt! Ich kann doch nicht die ganze Nacht wegbleiben, wenn Karla das merkt, nein, das mache ich nicht. Außerdem ist es am Strand doch viel romantischer! Warst du schon bei Hans zu Hause? Der soll ja eine tolle Villa haben.«

»Er hat keine Villa. Nur ein sehr hübsches Haus in Wenningstedt. Eher schlicht, so typisch für Männersingles.«

»Männersingle? Hans? Der hat doch eine Familie und drei Kinder.«

»Wer sagt das?«

»Tjorben. Die beiden kennen sich schon ewig, von früher oder so. Du, aber genau weiß ich es nicht, ich habe nicht so hingehört. Ist doch auch egal. Oder bist du auf der Suche nach einem Ehemann?«

»Quatsch. Wir haben nur gar nicht über so etwas gesprochen.«

»O lala.« Sally tänzelte über den Innenhof zum Speisesaal, wo die größeren Kinder schon zum Essen strömten. Die Kleinen aßen die Woche über mittags mit den Betreuerinnen. Das diente der Lärmreduzierung beim Mittagessen. Eigentlich eine schöne Maßnahme, aber Annika verspürte plötzlich eine tiefe Sehnsucht nach ihrem Sohn. Wie ehrlich sind Kinder und wie verlogen waren die Erwachsenen! Hans hatte eine Familie – und sie hatte ihren eigenen Sohn verleugnet, um ihm eine unabhängige, allzeit bereite Liebhaberin vorzuspielen. Wie dämlich war das denn!

Im Unterschied zur kleinen Morgenrunde, die jeden Vormittag gegen elf Uhr dreißig im Zimmer von Susan Leuwerik zusammentrat und an der nur die Ärztin, Dr. Nicola Stemmann, die Psychologin Elfi Nickel und die Verwaltungsleiterin Maren Peters teilnahmen, führte die wöchentliche Dienstbesprechung am Montagvormittag alle Bereiche des Kurheims an den großen runden Tisch im Besprechungszimmer des Verwaltungstrakts. Der einzige Herr am Tisch war der Koch, es sei denn, der Haustechniker kam zu bestimmten Themen mit dazu. Alle anderen Ressorts wurden von Frauen geleitet, und bis auf ein paar Praktikanten, etwa in der Kinderbetreuung und in der Küche, sowie die beiden Sportlehrer, die Surfen, Nordic Walking, Inselwanderungen und Schiffsausflüge anboten, waren auch bei den Honorarkräften nur Frauen im Einsatz. Das war kein Konzept, das hatte sich einfach so ergeben. Susan Leuwerik war es im Grund gleich, ob sie mit Männern oder mit Frauen zusammenarbeitete, solange ihre Standards eingehalten wurden. Und da standen Teamgeist ganz oben im Anforderungskatalog und natürlich eine grundlegende Übereinstimmung mit ihrem inhaltlichen Konzept. Für das war sie ja schließlich hier ausgewählt und eingesetzt worden, daran hielt sie sich. Und das hatte ein ganz klares Ziel: das Beste für die Klientinnen anbieten, was mit den begrenzten ökonomischen Möglichkeiten machbar war. Fürs Sparen war der Träger zuständig, der konnte Grenzen setzen. Sie hier vor Ort hatten die Aufgabe, für die Mütter und ihre Kinder das Bestmögliche einzufordern und auszuhandeln. Das klang einfach und simpel, war aber in der Realität eine sehr anspruchsvolle Aufgabe, bei der schon mancher leitende Angestellte gekniffen oder versagt hatte. Nach nun gut acht Jahren hatte Susan endlich ein Team zusammen, das weitgehend an einem Strang zog. Zufälligerweise schlug genau in dem Augenblick der Trägerverband die Klappe und meinte, das Heim schließen zu müssen. Wenn das kein Zufall war …

»Liebe Kolleginnen, lieber Kollege«, eröffnete Susan die Dienstbesprechung. »Ich muss euch heute über den Fortgang unserer Verhandlungen mit dem Trägerverband informieren, was leider keine guten Nachrichten für uns alle bedeutet.« Die Zwischengespräche verstummten. Susan ließ ihren Blick über die Gesichter schweifen. Die meisten Kolleginnen und Kollegen wussten, worum es ging, und machten eine besorgte Miene. Susan trug die Verantwortung für achtzehn fest angestellte Mitarbeiter und zahlreiche Honorarkräfte. Es waren kostbare, bislang sichere Arbeitsplätze, für die es vielleicht keinen Ersatz auf der Insel geben würde, wenn das Haus tatsächlich geschlossen werden sollte. Wer einen befristeten Vertrag hatte, hatte nicht mal Anspruch auf eine Abfindung oder Weiterbeschäftigung. Und all das nur wegen der Misswirtschaft ihres Vorgängers, der inzwischen die Karriereleiter hinaufgefallen war. Susan spürte, wie die Wut ihr die Kehle zusammenzog. Sie räusperte sich und fuhr mit brüchiger und etwas zu lauter Stimme fort: »Wie ihr alle wisst, häufen sich schon seit Langem die Beschwerden unserer Gäste wegen des Zustands unserer Gebäude. Im letzten Jahr hatten wir durch die Qualitätsprüfung diverse Abmahnungen wegen der Geruchsbelästigungen in den Toiletten und wegen undichter Duschkabinen und Duschwannen in den Gästezimmern. Die Fußbodenheizung in den Gruppenräumen ist im Winter quasi nicht zu regulieren, Ihr alle kennt die Klagen der Gäste über zu kalte oder überheizte Räume. Nun hat der Bezirksverband uns vorgerechnet, dass die Rücklagen des Hauses bei Weitem nicht ausreichen, um die anstehenden Sanierungsarbeiten zu finanzieren. Und zwar aus einem einzigen Grund, nämlich dass in den vorangegangenen Jahrzehnten – ich betone: Jahrzehnten – so gut wie keine Instandhaltungsrücklagen gebildet wurden. Und – bitte hört noch einen Augenblick zu«, rief Susan Leuwerik in die Unruhe hinein. »Und weil trotzdem keine vernünftige Instandhaltung durchgeführt worden ist.«

»Das kann ja wohl nicht wahr sein!«, rief Gondel Hansen, die Hauswirtschaftsleiterin. Sie arbeitete von allen hier am Tisch am längsten in diesem Haus und war vermutlich die einzige gebürtige Westerländerin. Sie hatte ihr gesamtes Berufsleben hier verbracht und gehörte noch zur alten Besetzung, die mit dem langjährigen Heimleiter, Jens Meierdirks, zusammengearbeitet hatte. Allerdings hatte sie bisher nie ein schlechtes Wort über ihren ehemaligen Chef verlautbaren lassen.

»Gondel, deine Erinnerungen werden für uns jetzt extrem wichtig sein. Ich hoffe, du empfindest das jetzt nicht als Loyalitätskonflikt zu deinem ehemaligen Chef. Aber ich fürchte, wir müssen jetzt zusammenhalten und ganz sachlich und klar einen kritischen Brief an den Trägerverband formulieren, in dem Punkt für Punkt die Mängel am Gebäude aufgeführt werden, möglichst mit Angabe, seit wann die Dinge kaputt sind und eben nicht rechtzeitig saniert wurden. Außer teurem Flickwerk können wir am Gebäude keine einzige Instandhaltungsmaßnahme feststellen – und wir wissen auch nicht, ob und wie das Geld für andere Dinge verwendet wurde. Auf jeden Fall fehlt es uns jetzt dringend für die Grundsanierung des Hauses. Ich möchte noch mal betonen, dass all dies vor meiner Amtszeit geschehen ist – seitdem ich hier die Leitung übernommen habe, wurden jedes Jahr Rückstellungen gebildet. Aber die sind natürlich entsprechend gering und helfen uns nun nicht mehr weiter.«

»Was willst du uns damit eigentlich sagen?«, fragte der Kollege aus der Haustechnik. »Komm doch mal auf den Punkt, Susan.«

»Ich will damit sagen, dass die Lage sehr, sehr ernst ist. Wir befinden uns nicht mehr am Anfang der Verhandlungen mit dem Trägerverband, sondern eher am Ende. Der Bezirksvorstand weigert sich schlichtweg, die zurückliegenden Zeiträume zu untersuchen und mit uns gemeinsam eine Lösung zu finden. Wir müssen uns etwas anderes überlegen.«

Ein paar Arme waren in die Höhe gegangen. Susan eröffnete die Diskussion. Zuerst gab sie noch einmal Gondel Hansen das Wort.

»Susan, ich sehe das so: Ich kenne Jens Meierdirks am besten hier von allen. Ich gebe zu, ich habe damals gern mit ihm zusammengearbeitet. Er hat immer gut für uns alle gesorgt. Wir haben nicht so viel hinter die Kulissen geschaut, wie heute, will ich mal sagen. Das war nicht sein Stil. Das war damals noch nicht in Mode. Aber ich habe immer gedacht, er hätte das Beste für alle gewollt und getan. Heute aber sitzt Jens im Bezirksvorstand, und wenn er in seiner Zeit hier als Heimleiter Mist gebaut hat, wird er doch jetzt nicht daran mitwirken, diesen Mist aufzudecken. So, nun kennst meine Position. Ich bin jetzt achtundfünfzig Jahre alt, ich habe nicht mehr so viel zu verlieren, nicht so viel jedenfalls wie die jüngeren Kolleginnen. Trotzdem muss ich sagen – um den Aufstand zu machen, dafür werden wir hier nicht bezahlt. So was hat doch keinen Zweck. Ich hoffe, dass du dir jetzt nicht zu viel vornimmst. Am Ende sind wir alle dran.«

Einige nickten. Ulrike Brüll, der die Kinderbetreuung unterstand, ergriff das Wort. »Genau, am Ende sind wir alle dran. Ich bin erst vor zwei Jahren auf die Insel gezogen, ich bin vorher vier Jahre von Heide gependelt, weil ich hier einfach keine bezahlbare Wohnung fand. Also wenn ich jetzt hier meine Stelle verliere, dann habe ich zwar eine Wohnung, aber kein Geld mehr, um sie zu bezahlen. Dann bin ich wirklich am Ende. Können wir denn nicht einen Kredit aufnehmen, eine Hypothek oder so was? Das Haus erwirtschaftet doch eine Menge Geld, es stellt doch auch einen Wert dar. Dafür müssten die Banken doch Geld geben!«

»Genau, wir verdienen doch hier eine Menge Geld mit unserer Arbeit. Wir sind immer ausgebucht. Ich verstehe das nicht«, mischte sich Schwester Beke ein, die eigentlich gar nicht in diese Runde gehörte, nur später zu einem anderen Tagesordnungspunkt etwas sagen sollte und deshalb schon dabeisaß.

»Liebe Kolleginnen und Kollegen«, versuchte Susan Leuwerik die Wogen zu glätten, »wir denken verkehrt, das ist gerade unser Problem. Wir denken alle, wenn wir fleißig und brav unsere Arbeit tun, dann wird schon alles gut gehen. Aber in diesem Fall ist mit Fleiß und Gottvertrauen leider keine Schlacht zu gewinnen. Wenn wir jetzt nicht auf die Barrikaden gehen, ist hier bald Schluss. So sieht es aus.«

»Du willst damit doch nicht etwa sagen, dass das Haus geschlossen werden soll?«, fragte der Koch noch mal nach.

»Doch, genau das steht im Raum«, sagte Susan.

»Jetzt, sagt bitte, dass das nicht wahr ist!«, rief Maren Peters, die neben ihr saß.

Susan schwieg. Wut und Verzweiflung schnürten ihr die Kehle zu.

»Das wird Meierdirks nicht mitmachen«, murmelte Gondel Hansen. »So weit wird er nicht gehen.«

»Im Gegenteil«, sagte Nicola Stemman, die Ärztin. »Genau das ist das Ziel. Meierdirks hat nur ein Projekt, und das ist seine eigene Karriere. Und dem Trägerverband ist unser Haus auch vollkommen egal. Genau wie den Politikern. Wir denken, so ein Kurheim ist das Beste, was der Insel passieren kann. Weil es für unsere Frauen und auch für uns selbst und unsere Arbeitsplätze das Beste ist. Aber andere Leute halten anderes für besser. Ein so zentrales Grundstück mitten in Westerland stellt einen enormen Wert dar – es ist ein idealer Standort, um es genauer zu sagen –, und genau deshalb wollen sie das Haus schließen.«

»Und haben es vorher systematisch runtergewirtschaftet«, sagte Gondel Hansen.

»Um ein paar sauteure Appartementhäuser draufzubauen«, meinte Maren Peters, die Verwaltungsleiterin. »Ich bin ja so ein Döskopp.« Sie schlug sich mit der Hand gegen die Stirn. »Darauf wäre ich nie gekommen. Und ausgerechnet Meierdirks soll nun das Ganze abwickeln? Und ich habe immer gedacht, er hängt an diesem Haus! Er hat sich doch immer so für die Mütter eingesetzt.«

»Nein, damit macht Meierdirks sich die Finger nicht dreckig«, sagte Susan Leuwerik, nachdem sie sich wieder gefangen hatte. »Abwickeln soll ich das Ganze. Ich soll einen Sozialplan mit euch entwerfen. Und Vorschläge für das weitere Vorgehen machen.«

Jetzt schwiegen alle. Es war, als hätte gerade auch der letzte hoffnungsfrohe Optimist verstanden, wie schlecht die Lage aussah. Es war nicht fünf vor zwölf, sondern fünf nach. Und niemand hatte die Uhr schlagen gehört.

Elfi Nickel, die Psychologin, nahm noch mal einen Anlauf. »Lasst uns doch bitte versuchen, die Lage sachlich zu betrachten. Wir sind gerade alle dabei, uns ein Feindbild zu konstruieren, das für all unsere Probleme die Schuld trägt. Wir müssen aber eine konstruktive Lösung finden.«

»Genau das ist mein Ziel«, sagte Susan Leuwerik ruhig. Sie gab dem Koch ein Zeichen. Er erhob sich und kam im nächsten Augenblick mit einem Tablett mit Kopenhagenern zurück ins Sitzungszimmer. Ein kleiner Zuckerschub würde die Gemüter wieder beruhigen. Und dann hätten sie noch eine knappe Stunde Zeit, um zu überlegen, was sie tun konnten, um ihre Sache in die eigene Hand zu nehmen.

Kapitel neun

»Na, endlich erwische ich dich, mein Kind. Geht es dir gut?« Die Stimme ihrer Mutter kam Annika ungewohnt freundlich und sanft vor. Im Hintergrund war Kindergeschrei zu hören, vermutlich rief sie aus der Schule an und hatte gerade Pausenaufsicht. »Ich habe schon dreimal heute versucht, dich zu erreichen. Jetzt habe ich gerade eine Freistunde.«

»Es geht mir gut, Mutter, danke. Und dir?«

»Wie immer kurz vor den großen Ferien – erst tagelang Konferenzen, und dann passiert plötzlich gar nichts mehr, ein Wandertag jagt den nächsten. Ich frage mich, ob ich es noch erlebe, dass sie diese blödsinnige Regelung endlich wieder abschaffen. Hast du etwas gesagt? Entschuldige, aber es ist so laut hier heute. Wie geht es Mattis?«

»Mattis fühlt sich sehr wohl hier, er fragt endlich nicht mehr dauernd nach Pascal. Er hat viel Spaß in der Kinderbetreuung, es gibt eine große Eisenbahn im Garten.«

»Dann hast du ja reichlich Zeit für dich. Kannst du sie auch nutzen? Wie ist das Wetter bei euch? Ich höre immer nur: An der Nordsee scheint die Sonne. Und wir haben immer nur Regen und Gewitter.«

»Das habe ich auch gehört. Was uns betrifft, stimmt der Wetterbericht. Bis jetzt hatten wir jeden Tag Sonne. Gibt es einen besonderen Anlass für deinen Anruf?«

»Eigentlich wollte ich nur hören, wie es euch geht. Gestern Abend rief übrigens Pascal an. Also er war wirklich sehr nett, das muss ich sagen. Und sein Deutsch ist inzwischen perfekt geworden. Das hat er dir zu verdanken, Kind.«

»Wohl kaum. Wir haben ja meistens französisch zusammen gesprochen. Was wollte er von dir?«

»Musiker sind natürlich auch sehr sprachbegabt, seine hervorragende Aussprache hat er sicher seinem guten Gehör zu verdanken. Seine Rechtschreibung möchte ich dann doch lieber nicht sehen!«

»Was wollte er von dir, Mutter?«, hakte Annika nach, denn sie fing an zu frieren. Sie hatte gerade zwanzig Bahnen im hauseigenen Schwimmbad geschwommen, was die Ärztin ihr gegen ihre Rückenschmerzen verordnet hatte. Da die Nordsee zwar zum Baden wunderbar, zum Schwimmen aber nicht so ideal war, hatte sie ihr empfohlen, zweimal pro Woche das Schwimmbad zu nutzen. Sie hatte sich gerade ihr Handtuch holen wollen, als sie das Handy klingeln hörte. In der Hoffnung, dass es Hans war, hatte sie, ohne einen Blick auf das Display zu werfen, den Anruf angenommen.

»Na ja, es ist wohl so, dass Pascal gerade in Deutschland ist. Er hatte mehrere Auftritte in Berlin, wusstest du das? Sie sind wirklich ziemlich gut im Geschäft, er und seine Band. Das hätte ich gar nicht gedacht.«

»Er mich auch schon angesimst und mir mitgeteilt, dass er in Deutschland ist und seinen Sohn sehen will.«

»Genau. Das hat er mir auch gesagt. Das ist ja verständlich.«

»Du hast ihm hoffentlich nicht gesagt, wo wir sind?«

»Also, Annika, ich weiß nicht, warum du immer gleich so aggressiv wirst, wenn es um Pascal geht. Er hat nur gesagt, dass er seinen Sohn sehen möchte. Das ist ja schließlich sein gutes Recht, immerhin ist er der Vater. Und er ist dein Mann. Er sagte, dass er versucht habe, dich zu erreichen, ohne Erfolg.«

»Ich habe das Telefon eigentlich immer bei mir, schon wegen Mattis, das weißt du. Wenn ich mal nicht drangehen kann, rufe ich zurück. Pascal hat mir eine SMS geschickt, die ziemlich unverschämt war. Es stimmt, dass ich darauf noch nicht geantwortet habe. Er will Mattis mit nach Frankreich nehmen. Das kommt überhaupt nicht infrage.«

»Tja«, sagte ihre Mutter ratlos. Der Lärm im Hintergrund wurde weniger, die Pause war vorbei. Gleich würde sie wieder unterrichten müssen. »Meine Liebe, was soll ich sagen! Könnt ihr euch denn nicht wieder vertragen? Um Mattis' Willen solltest du doch ein bisschen kompromissbereiter sein. Er würde sich bestimmt freuen, in den Ferien in Frankreich zu sein. Und Oma Alicia wäre sicher auch sehr froh, ihren Enkel zu sehen. Du könntest dich dann hier ein bisschen um deine Zukunft kümmern …«

»Natürlich, Mutter. Aber ich bin zurzeit zur Kur auf Sylt. Und Mattis ist hier fest mit eingeplant. Ich kann ihn doch jetzt nicht einfach zu seinem Vater schicken. Nur weil der wie üblich nicht in der Lage war, seine Planung rechtzeitig mit meiner abzustimmen. So war es immer, Mama, verstehst du? Es geht immer alles nur nach Pascals Plänen. Und die sind total chaotisch und richten sich ausschließlich nach seiner Karriere. Das ist ganz witzig, solange man jung und verliebt ist, aber mit Kind und Kegel geht das nicht mehr, verstehst du?«

Annika war so heftig geworden, dass die anderen schwimmenden Frauen sie besorgt beobachteten. Ihre Mutter befand sich inzwischen in einer totenstillen Umgebung. Aber auch das war immer so gewesen: Mutter lebte für die Schule, in einem festen Korsett von Schulstunden und Korrekturnachmittagen und Ferien und Zeiten ohne Schulferien. Annika hatte sich immer in die Lücken quetschen müssen, niemals war es nach ihrem Rhythmus gegangen. Lehrerinnen-Mütter hatten sicher eine Menge Vorteile für ihre eigenen Kinder. Aber sie hatten auch eine ganze Menge Nachteile. Vor allem, wenn man auch noch einen Lehrer-Papa dazu hatte. Beim Gedanken an ihren viel zu früh verstorbenen Vater brach Annikas Fassung endgültig zusammen. Sie fing an zu schniefen. Außerdem zitterte sie, weil sie fror. Und weil Hans sich seit gestern Abend nicht bei ihr gemeldet hatte. Und überhaupt – weil ihr gerade alles zu viel wurde.

»Kindchen, es tut mir leid, ich wollte dich ja nicht so aufwühlen mit dieser Sache. Ich muss jetzt in die Klasse, du, sei tapfer, es wird sich schon alles regeln. Ich habe Pascal gesagt, dass du mit Mattis auf einer Insel bist, zur Kur an der Nordsee. Vielleicht ist er ja nun zufrieden und fährt wieder nach Hause.«

Annika liefen die Tränen übers Gesicht. »Hast du ihm gesagt, dass wir auf Sylt sind?«, schniefte sie. »Ich will nicht, dass er hier aufkreuzt!«

»Ich glaube, Sylt habe ich nicht direkt genannt«, sagte Annikas Mutter. »Ich war mir nicht sicher, ob ihr auf den Halligen oder auf einer Insel seid. Also Sylt – ich werde es ganz bestimmt nicht verraten. Ich verspreche es. Sei lieb und tapfer, ja? Wir telefonieren bald wieder, ich rufe dich an!«

Annika ließ die Hand mit dem Telefon zwischen den Knien baumeln und ergab sich noch einen Augenblick lang ihrem Elend, bis es ihr endgültig zu kalt wurde in dem nassen Badeanzug. Kaum hatte sie sich in das dicke Badelaken gewickelt und auf den Weg in die Dusche gemacht, klingelte es erneut. Es war Hans, endlich!

»Wo bist du?«, fragte er ohne Vorrede.

»Auf dem Weg in die Dusche«, sagte Annika. Ein paar Tränen rannten noch über ihre Nase, obwohl sie schon von einem Ohr bis zum anderen strahlte. »Wo bist du?«

»Ich habe gerade ein paar Stunden frei. Können wir uns sehen? Magst du zu mir kommen?«

»Wollen wir nicht lieber einen Spaziergang machen? Das Wetter ist so schön.« Annika sah durch die Schwimmbadfenster nach draußen auf den vom Wind gepeitschten Strandhafer einer kleinen Düne, hinter der der Spielplatz der Kinder lag. Der Himmel war strahlend blau, kein einziges Wölkchen zierte ihn. Sie hatte Lust, zu laufen, viel Wind und Sonne zu spüren, zu reden, sich alles vom Herzen zu reden und diese blöden Spielereien, die sie trieben, seitdem sie sich kannten, ein für alle Mal zu beenden. Wie sehr hatte sie auf Hans' Anruf gewartet, und wie sehr freute sie sich nun, seine Stimme zu hören! Nein, sie wollte nicht mit zu ihm gehen, sie wollte jetzt nicht mit ihm schlafen. Sie brauchte seine Freundschaft, seine warme Umarmung, seinen Trost, sie wollte seinen verständnisvollen tiefblauen Blick auf sich spüren. »Bitte, lass uns laufen, ganz weit weg, ganz lange.«

»Ganz weit weg laufen – auf Sylt?« Hans lachte leise. »Okay, Ausreißerin. Wo treffen wir uns? Ich nehme an, ich kann dich nicht irgendwo abholen?«

»Nein!«, rief Annika mit der alten Lust am Verwirrspiel. »Nein, lass uns auf der Promenade treffen, wie immer!«

Hans lehnte an der Balustrade, an ihrem Stammplatz. Allerdings trug er heute keine Jeans und Lederweste, sondern sehr förmliche schwarze Anzughosen und eine helle Wildlederjacke, die verdammt teuer aussah. Dazu hatte er polierte schwarze Lederschuhe an, die für einen langen Strandspaziergang denkbar ungünstig waren. Trotzdem strahlte er, genau wie Annika, als er sich zu ihr umdrehte und auf sie zuging.

»Du hast dich gestern gar nicht gemeldet«, flüsterte Annika ihm ins Ohr. »Das war grausam.«

»Ich gestehe, ich habe es verschlafen«, flüsterte Hans zurück und lachte. »Ich war den ganzen Tag über so müde! Du hast mich echt geschafft am Sonntagabend.«

»Ging mir nicht anders.«

»Aber du konntest vermutlich am Morgen ausschlafen – musst du immer erst abends arbeiten? So stelle ich es mir vor. Wie auch immer, ich hatte jedenfalls den ganzen Tag über Termine, und abends um halb acht, als ich heimkam, wollte ich mich nur für ein halbes Stündchen aufs Ohr legen – ehe ich dich anrufen wollte –, und als ich wieder aufwachte, war es kurz nach Mitternacht. Da traute ich mich nicht mehr, ich wollte dir auch nicht schon wieder eine Nacht rauben. Aber es ist mir sehr schwergefallen!«

»Lügner! Du hast gleich weitergeschlafen, stimmt's?«

Hans griff nach Annikas Hand und begann, mit ihr auf der Promenade in Richtung Süden zu schlendern. Der Weg vor ihnen war relativ leer, es war elf Uhr am Vormittag. Nur ein paar ältere Herrschaften, die sich vor dem Mittagessen die Füße vertraten, spazierten vor ihnen her. Alle anderen strömten mit Badetaschen und Strandspielzeug hinunter an den Strand, besetzten die Strandkörbe oder legten sich mit ihren Badelaken möglichst nah an die zurückweichende Wasserlinie. Der Wind kam hart vom Deich her, und das Meer sah seltsam ruhig aus. Keine einzige Welle stürmte an den Strand.

»Warum gehen die Leute eigentlich nicht baden?«, fragte Annika. Für die vielen Menschen, die zwischen den Sandburgen und auf dem Strand herumliefen, wagten sich nur sehr wenige ins Wasser. Einige Leute in Badekleidung standen am Ufer, schauten aufmerksam ins Wasser oder gingen vorsichtig bis zu den Knien ins Nass.

»Wir haben Ostwind. Schau dir die Flaggen an. Meist haben wir hier Westwind, also Wind, der vom Wasser her aufs Land bläst. Er bringt die schönen Wellen mit, aber auch viele Wolken und oft Regen. Bei Hochdruckwetter entwickelt sich im Sommer manchmal eine stabile Ostwindlage. Dann scheint lange die Sonne, der Himmel ist strahlend blau – aber leider ist der Strand voller Quallen. Dann traut sich niemand ins Wasser.«

»Wie schade! Da scheint endlich mal die Sonne – ich würde auch gern ins Wasser gehen.«

Hans sah sie spöttisch von der Seite an und wies mit der freien Hand auf seine Kleidung. »Du wirst hoffentlich nicht erwarten, dass ich mitkomme?«

»Gibt es hier nicht so einen berühmten FKK-Strand?« Annika lachte.

»Der ist in Kampen oder hinter Kampen, Buhne 16 meinst du vermutlich. Aber das ist heute ein Revier für die Surfer. Wir können am Wochenende mal hingehen.«

»Kommt dann nicht deine Familie?«, fragte Annika.

Zuckte Hans ein wenig zusammen? Er presste seine Hand um ihre, dann blieb er stehen. »Hast du dich über mich erkundigt, fremdes Mädchen?«

»Nein. Dein Freund Tjorben hat über dich gesprochen. Du weißt schon, er ist mit dieser Blonden zusammen, die auch an unserem ersten Abend auf der Promenade war.«

Hans erinnerte sich ganz offenkundig an niemanden, der an diesem Abend auf der Promenade oder sonst wo war. Annika nahm das als persönliches Kompliment und hätte gern gelächelt, aber sie wollte jetzt ernst bleiben. »Es stimmt also, oder?«

»Ja, und? Ja, es stimmt. Ich bin – noch – verheiratet. Wir haben drei Kinder.«

»Drei«, wiederholte Annika bedeutungsschwer.

Hans schwieg. Er ging mit großen, zielgerichteten Schritten weiter, obwohl die Holzpromenade in Sichtweite zu Ende war. Danach konnte man nur noch auf dem Sand weiterlaufen oder musste in die Dünenlandschaft hinter dem Deich wechseln.

»Wo lebt deine Familie?«, fragte Annika.

Hans blieb stehen und stützte sich mit den Ellbogen auf die hölzerne Brüstung, er sah aufs Meer hinaus. Als er sich zu ihr umwandte, sah er ganz anders aus als sonst, ernster, streng und ein bisschen traurig.

»In Kiel. Dort ist auch meine Kanzlei. Ich bin Anwalt, aber das weißt du vermutlich auch schon, oder?«

Annika schüttelte den Kopf.

»Vor einem Jahr etwa haben wir uns getrennt. Um erst mal etwas Distanz zwischen uns zu bringen, bin ich hierhergezogen. Das Haus in Wenningstedt gehörte meinem Vater. Er war ebenfalls Anwalt. Und früh geschieden. Statt sich eine neue Frau zu suchen, hat er sich hierher nach Sylt verzogen, das war in den achtziger Jahren. Vor einigen Jahren ist er gestorben. Ich habe das Haus geerbt. Meine Frau mochte Sylt nicht. Ich habe das Haus trotzdem behalten. Erst habe ich es vermietet, aber irgendwie konnte ich nicht ertragen, wie die Mieter mit den Dingen meines Vaters umgingen. Als wir uns dann trennten, habe ich beschlossen, eine Zeit lang hierherzuziehen. Einmal in der Woche fahre ich nach Kiel, das genügt meistens. Alles andere kann ich auch von hier aus machen. Gerichtstermine habe ich sowieso überall in Schleswig-Holstein, dafür ist es egal, von wo ich anreise. Meist per Bahn, übrigens.« Er lächelte zum ersten Mal wieder.

Annika schob kleine Sandhäufchen auf dem Holzgeländer zusammen und drückte sie wieder platt. Sie spürte, wie ihre bis jetzt lose und spielerische Beziehung zueinander sich gerade verwandelte. Wie sie schwerer wurde und tiefer, irgendwie echter. Aber auch weniger frei und unbeschwert. Sie war im Begriff, sich ernsthaft zu verlieben.

»Wie alt bist du eigentlich?«

Hans schnaubte leise. »Klar, das musst du jetzt auch noch wissen. Ich bin zweiundvierzig. Und du? Mitte zwanzig?«

»Einunddreißig«, sagte Annika leise.

»Einunddreißig Jahre, jung, ledig und frei – du bist für mich wie ein Gruß aus einer anderen, einer heilen Welt, weißt du das?« Hans machte einen Schritt auf Annika zu und nahm sie in die Arme. »Bitte sag jetzt nichts, Liebling. Sag nicht, dass du so einen alten Familienpapa nicht haben willst. Du brauchst mir jetzt auch nicht dein Leben zu erzählen, ich will es alles noch gar nicht wissen. Später, wenn ich dich besser kenne, dann will ich wissen, wie das Wunderwerk zustande kam, in das ich mich verliebt habe. Du bist wie ein herrlich verpacktes Geschenk – entschuldige, wenn ich solchen Blödsinn rede, das ist sonst wirklich nicht meine Art! Aber du weißt ja nicht, was ich hinter mir habe. Du kannst dir das nicht vorstellen – bestimmt nicht.«

Annika schüttelte den Kopf, weniger, weil sie sich das nicht vorstellen konnte, sondern weil sie nicht die geringste Ahnung hatte, was er wohl meinte. Ob Pascal mit anderen Frauen auch so über ihre Ehe sprach?

Ein alter Herr versuchte verzweifelt, den Rollator seiner Gefährtin die steile Treppe die Düne hochzutragen. Er zitterte vor Anstrengung, und die alte Dame kam allein auch nicht weiter. Hans nahm ihm die Gehhilfe ab und trug sie rasch nach oben, während Annika der alten Dame die Treppe hinaufhalf.

Oben auf der Düne tat sich ein wundervoller Blick über die Dünenlandschaft auf. Linker Hand lagen die Ausläufer von Westerland, das große Gebäude des Aquariums befand sich gleich links neben ihnen. Hans überließ die beiden alten Leute auf den hubbeligen Sandwegen wieder ihrem Schicksal und legte einen Arm um Annikas Schultern, drehte sie beide zur Wasserseite um. Dieser Ausblick übers Meer war noch schöner und wurde von der Sonne im besten Licht beleuchtet.

»Morgen habe ich Gerichtstermine, ich muss früh nach Flensburg fahren und werde abends erst spät zurück sein.

Donnerstag habe ich in Westerland zu tun. Den Abend aber kann ich mir frei halten. Wie sieht es mit dir aus?«

»Abends ist es bei mir immer schlecht. Ich kann versuchen, es noch einmal zu organisieren.«

»Du kannst auch nur in der Nacht zu mir kommen«, sagte Hans leise und begann, ihre Nase zu küssen. »Du kannst kommen, wann immer du willst. Und bleiben, so lange wie möglich. Ich bin gefährlich übermütig und zu allen Verrücktheiten bereit. Du musst jetzt den klaren Verstand behalten, versprichst du mir das? Bis ich wieder auftauche aus dem siebten Himmel.«

»Du bist süß«, sagte Annika und gab ihm einen kühlen, sachlichen Kuss zurück. Wenn der Typ wüsste, wie weit weg sein siebter Himmel von der Wirklichkeit war …

Kapitel zehn

Tja, Susan, das sieht wirklich alles sehr seltsam aus«, sagte Till am Telefon, ohne seiner Mutter auch nur einen guten Morgen gewünscht zu haben. Susan Leuwerik war noch im Schlafanzug. Sie hatte sich ihr Frühstück zubereitet und wollte sich damit auf den Balkon setzen, um den anstrengenden Tag in Ruhe zu beginnen. Nun ließ sie das Schinkenbrot stehen und setzte sich mit ihrem Kaffeebecher in den Liegestuhl.

»Also das Gutachten dieses Statikers aus Leck ist vernichtend. Wenn er recht hat, müsste das Haupthaus aufgrund des maroden Kellergeschosses schon ziemlich bald in sich zusammenfallen. Entsprechend hoch sind die veranschlagten Kosten. Aber – ich glaube ihm nicht. Man müsste ein weiteres Gutachten machen lassen.«

»Das wird ja noch teurer, Till«, warf Susan ein.

»Eben. Darum habe ich mal ein bisschen recherchiert – der Statiker arbeitet mit ein paar anderen Ingenieuren zusammen. Ich habe einfach mal angerufen und gefragt, ob ich ihn persönlich sprechen kann. Und was meinst, was man mir gesagt hat?«

»Keine Ahnung«, meinte Susan. »Vermutlich ist er grade im Urlaub.«

»Er ist für immer im Urlaub, Muttchen. Er ist schon seit einigen Jahren in Rente.«

Susan Leuwerik schwieg. Sie sah zu, wie eine graue Ringeltaube auf ihrer Balkonbrüstung landete. Die Tauben hier auf der Insel waren allerdings viel hübscher und gepflegter als die schwerfälligen, oft verletzten und zerzausten Tauben, die sie aus Hamburg kannte. Der schlanke graue Vogel hinterließ einen weißen Klecks auf ihrem Balkonboden und erhob sich wieder, um bis zum nächsten Baum zu fliegen und sich auf einem schwankenden Ast niederzulassen.

»Graumann – so heißt der Typ – ist schon über siebzig. Er hat die Geschäftsleitung schon vor ein paar Jahren an jüngere Kollegen abgegeben. Eine Weile hat er noch einzelne Projekte weiterbearbeitet, zu Ende geführt. Seit einem Jahr ist er endgültig nicht mehr im Dienst.«

»Heißt das, dass sein Gutachten gar nicht mehr gilt?«

»Kann ich so nicht sagen, wir müssen einen Anwalt fragen. Tatsache ist jedenfalls, dass er nicht mehr Mitglied der Bauingenieurkammer in Schleswig-Holstein ist. Das heißt, er kann selbst keine Aufträge mehr ausführen. Er ist nicht mehr berechtigt, Bauvorhaben zu betreuen.«

»Dann ist doch auch sein Kostenvoranschlag Schrott.«

»Davon kann man wohl ausgehen. Er ist ja vermutlich auch nicht ernst gemeint gewesen. Das heißt, der Trägerverband hatte nie vor, ihn ausführen zu lassen.«

»Das ist aber ein riskantes Manöver von Meierdirks.«

»Er hat nicht damit gerechnet, dass jemand genau nachfragt. Außerdem hat er das Gutachten und den Kostenvoranschlag nicht selbst in Auftrag gegeben. Der Mann hat sich auch hier wieder mal abgesichert.« Till lachte leise. »Der ist wirklich gerissen.«

»Was meinst du damit?«

»Der Kostenvoranschlag wurde von einer Firma eingeholt, die seit Jahrzehnten sämtliche Sanierungsarbeiten für Meierdirks gemacht hat, Heizung, Sanitär, Elektro-Installationen Tjorben Klenk. Seine Firma ist auch in Leck, Nordfriesland.«

»Tjorben Klenk? Ja, den Namen hab ich schon mal gelesen. So heißt doch der Klempner, der Anfang 2000 hier diese ganzen Flickarbeiten für Meierdirks gemacht hat.«

»Stimmt, das ist derselbe. Hast du bisher nicht mit ihm zusammengearbeitet?«

»Nein. Wir haben immer eine Firma aus Tinnum kommen lassen. Ist doch viel näher dran.«

»Na, vermutlich klempnert dieser Tjorben Klenk auch gar nicht mehr. Er hat inzwischen nämlich ein Immobilienbüro gegründet. Kauft wahrscheinlich die Häuser und Grundstücke auf, die er vorher mit seinen überteuerten Flickarbeiten kaputt saniert hat.«

»Wie gerade hier bei uns.«

»So ist es.«

»Sohn, du bist klasse. Wie kann ich dir danken?«

»Vielleicht, indem du im Herbst mal mit uns auf die Kanaren fährst und das Baby hütest?«

»Was für eine Strafe«, sagte Susan und lächelte. »Es gibt nichts, was ich lieber täte. Grüß Grietje und Corinchen.« Sie zwitscherte ein Küsschen in den Hörer und beendete das Gespräch. Dann ging sie in die Küche zurück und verspeiste mit großem Appetit ihr Schinkenbrot.

Nach knapp einer Woche waren die meisten Frauen ein bisschen erholt und fingen an, auch mal über etwas anderes zu sprechen als über ihre Kinder und deren Probleme, ihre Ehemänner, ihre Jobs oder ihre Wehwehchen. Viele hatten sich untereinander angefreundet, spielten abends zusammen Scrabble oder Doppelkopf, saßen gemeinsam vor dem Fernseher oder irgendwo im Garten mit einer Flasche Wein oder Selters. Die Clique um Olga hatte sich mehr oder weniger abgesondert und organisierte reihum abwechselnd die abendliche Kinderbetreuung, damit die anderen zusammen ausgehen konnten. Auch sonst sah man sie selten im Kurheim. Die Mitarbeiterinnen sagten nichts dazu. »Die Frauen sind erwachsene Menschen«, lautete die Ansage von Susan Leuwerik an ihr Team. »Wer unsere Angebote nicht annehmen will, ist selbst schuld. Wir zwingen keine zu ihrem Glück.«

Für den Mittwoch waren gemeinsame Schiffsausflüge auf die Halligen oder auf die Nachbarinseln Amrum und Föhr angesetzt. Annika hatte am Abend den Aushang studiert. Die Sache war nicht ganz billig, aber als Gruppenausflug immer noch günstiger, als wenn sie allein fahren würde. Föhr musste eine hübsche Insel sein, sie wurde als »Friesische Karibik« gepriesen und warb mit vielen Sonnentagen und der Bekanntheit als eines der ältesten Nordseebäder, das sogar der spätere Kaiser Wilhelm II. als Kind besucht hatte. Auf die Halligen wollte Annika lieber nicht fahren, um sich nicht der Gefahr auszusetzen, Pascal über den Weg zu laufen.

»Ich verstehe nicht, warum wir unsere Kinder nicht mitnehmen dürfen«, murrte Fine, die Dänin mit den beiden kleinen Zwillingen. »Hier könnte man endlich mal mit den Kindern in Ruhe etwas unternehmen. Zu Hause habe ich dafür keine Zeit.«

»Det fehlte noch«, mischte sich Olga ein, die mit ihren Freundinnen diskutierte, ob sie mitfahren sollten oder nicht. Die meisten fanden die Fahrt zu teuer. »Ik bin froh, wenn die Kurzen nicht mit an Bord sind. Man beachte: Nach zig Jahren mal janz alleene wat Nettes machen. Det kann ik mir schon jar nicht mehr bildlich vorstellen.«

»Wozu hast du denn Kinder, wenn du keine Lust hast, etwas mit ihnen zu unternehmen?«, fragte Fine spitz. Aber statt einer Antwort kassierte sie nur ein Augenverdrehen und blödes Gekicher von Olgas Freundinnen. Sie hakten sich unter und schoben ab in die Raucherecke auf dem Parkplatz.

»Ich fahre mit«, beschloss Annika. Hans würde morgen sowieso keine Zeit für sie haben, es war sein Büro-Arbeitstag in Kiel. Sie hatte Lust auf die Fahrt mit dem Schiff und wollte Sylt auch gern mal vom Wasser aus ansehen.

»Ich auch«, sagte Fine.

Gleich nach dem Frühstück fuhr die Gruppe mit dem Linienbus von Westerland nach Hörnum. Eine schnurgerade Landstraße führte durch die verzauberte Dünenlandschaft bis zum Südende der Insel. An einigen Stellen war der Landstreifen so schmal, dass man auf der einen Seite durch die Dünen hindurch die Nordsee glitzern sah, auf der anderen das Wattenmeer. Von Ferne blinkten die Masten der Windräder auf dem Festland in der Sonne. Es sah unwirklich aus und sehr weit weg, vielleicht waren es auch nur Luftspiegelungen.

Die Sanddünen waren fast vollständig von in hübschen Farben blühenden Pflanzen bedeckt: »Was ihr hier seht, ist vor allem Besen- und Glockenheide, Ginster, Sonnentau und Wollgras. Es gibt aber noch viel mehr sehr besondere und seltene Pflanzensorten auf Sylt«, erklärte Sabine Möhl, die Ergotherapeutin, die die Gruppe begleitete und sich von Zeit zu Zeit von ihrem Sitz erhob und etwas über die Insel erzählte. »Bis Mitte des 19. Jahrhunderts gab es auf Sylt keine Bäume. Alle Waldgebiete sind künstlich aufgeforstet worden.«

»Warum ist Föhr als Badeinsel eigentlich älter als Sylt?«, fragte Annika. »Sylt ist doch viel größer und hat viel mehr Strand.«

»Sylt ist auch schon seit über hundert Jahren ein Seebad. Allerdings war Föhr vom Festland aus früher einfacher zu erreichen als wir«, antwortete Sabine. »Heute haben wir den Hindenburgdamm, aber den gibt es erst seit 1927. Vorher kam man nur mit einer sehr schwierigen und langwierigen Schiffsverbindung mit einem Raddampfer durchs Wattenmeer von Hoyerschleuse nach Munkmarsch. Zudem gehörte Hoyerschleuse ab 1920 zu Dänemark. Im Winter, bei Eisgang, dauerte die Fahrt oft sechs Stunden und mehr. So blieben die Sylter lange Zeit unter sich. Sie waren Seefahrer, Fischer, Walfänger. Der Hauptort der Insel war übrigens in den vergangenen Jahrhunderten nicht Westerland, sondern Keitum.«

Der Bus fuhr nach Hörnum hinein, das Annika auf Anhieb viel besser gefiel als Westerland. Schmale, einfache, weiß getünchte Häuser drängten sich in ein paar engen Gassen aneinander. Der Wind schmeckte salzig, und man spürte ihn überall, anders als in Westerland, wo man im Gewirr der Straßen auch schon mal vergessen konnte, dass man auf einer Insel mitten in der Nordsee war. Hier aber kam man sich vor wie auf einem Stecknadelkopf mitten auf See. Ein kleiner Leuchtturm überragte die Siedlung. An jedem Straßenende gelangte man in die Dünen oder direkt an den Strand. Etwas westlich zum Festland hin lag der Hafen von Hörnum, in dem zahlreiche Personenschiffe vertaut waren. Fischbuden, ein Flohmarkt und ein paar Restaurants säumten die Parkplätze für die Ausflugsgäste.

Die Frauen aus dem Kurheim verließen mit den anderen Fahrgästen den Bus und begaben sich auf die Schiffe. Es war ein warmer Tag, nur eine dünne weiße Wolkendecke verhängte die Sonne. Annika hatte sich gründlich eingecremt, wählte aber trotzdem einen Platz unter Deck im Bug des Ausflugsdampfers. Nachdem das Schiff abgelegt hatte und dann als erste Etappe die Insel Amrum ansteuerte, wurde es ihr dort zu windig und frisch. Sie stieg die Treppe hoch zum Sonnendeck. Olga und ihre Damen hatten es sich auf der vordersten Bank bequem gemacht. Hier konnten sie ungestört rauchen und kichern. Annika schob sich in die Sitzreihe hinter ihnen, denn alle anderen Plätze waren besetzt. Am Ende der Reihe saß ein junger Mann in einem dunkelblauen Sweater, wie Pascal sie gerne trug. Als der braune Lockenkopf sich zu ihr umdrehte, fuhr ihr der Schreck ordentlich in die Glieder: es war Pascal, der neben ihr saß! Auch er starrte sie überrascht an.

»Wo kommst du denn her?«, fragte Annika, als sie ihre Sprache wiedergefunden hatten.

»Von einer Hallig«, entgegnete Pascal. Für das letzte Wort hatte er ordentlich Anlauf nehmen müssen. »Und du? Wo seid ihr denn? Ich suche euch überall. Wo ist Mattis?«

Zu Hause, hätte Annika fast gesagt. »Er ist nicht mitgekommen«, sagte sie schnell. »Er spielt lieber mit den anderen Kindern.«

»Welchen Kindern?«

»Anderen Kindern. Ich mache Urlaub mit ein paar Frauen und ihren Kindern.«

»Hier? Seid ihr auf Sylt? Deine Mutter hat mir gesagt, ihr seid auf den Halligen. Ich habe schon alle möglichen komischen Halligen nach euch abgesucht.«

»Wir wollten ja auch auf eine Hallig fahren«, stotterte Annika. »Ich meine, wir fahren hier so herum. Aber was geht dich das eigentlich an? Du hast dich monatelang nicht um uns gekümmert. Mattis hat so oft versucht, dich anzurufen. Er hat dir Briefe geschickt mit selbst gemalten Bildern. Wir hatten ausgemacht, dass er dich regelmäßig sprechen kann. Aber du bist nie für ihn zu erreichen. Und nun kommst du hier an und willst ihn auch noch mitnehmen nach Frankreich. Wie soll das denn gehen? Er hat dich monatelang nicht gesehen!«

»Es ist nicht wahr, dass ich mich nicht um euch gekümmert habe. Ich habe ständig an euch gedacht. Und im Übrigen bist du diejenige gewesen, die abgehauen ist, Annika. Du hast unsere Familie zerstört, nicht ich. Du hast immer gewusst, dass ich mit meinem Job nicht immer da sein kann. Meine Mutter hat versucht, dir das Leben so angenehm wie möglich zu machen. Du hattest keine Last mit dem Haushalt, mit gar nichts. Du musstest dich um nichts kümmern.«

»Ich habe den ganzen Tag allein in diesem Cevennenkaff gehockt und Blaubeermus mit deiner Mutter eingekocht wie eine verdammte Rentnerin. Ich konnte dort nirgends Arbeit finden, mein Mann war nie da, und meine Schwiegermutter hat mir alle Arbeit abgenommen – zu was bitte schön sollte ich dort sein? Was glaubst du denn, wen du geheiratet hast, eine Prinzessin auf der Erbse? Als wir uns kennenlernten, hattest du noch keine Band und keinen Erfolg und warst nicht die ganze Woche auf Tour, sondern du warst zu Hause, hast mir deine Songs vorgespielt und mir wer weiß was vorgeschwärmt vom romantischen Landleben in Südfrankreich. Das war nicht okay, Pascal, was du mit uns gemacht hast.« Annika verstummte und starrte wütend aufs Meer. Sie waren beide laut und schrill geworden, lauter als der Schiffsmotor und der Wind. Annika fror plötzlich trotz der Sonne. Olga und ihre Freundinnen und auch alle anderen Passagiere auf dem Sonnendeck hatten erst unfreiwillig, dann neugierig ihre Ohren gespitzt. Es war ihr egal. Es war die erste und längste Aussprache, die sie je miteinander gehabt hatten, es musste einfach mal gesagt werden.

Pascal holte seine blöde Baskenmütze aus der Hosentasche, die er seit der Rückkehr nach Frankreich von morgens bis abends und bei jedem Wetter trug, und zog sie fest über die Ohren, damit der Wind sie ihm nicht von den dunklen Locken wehte. Er war braun gebrannt wie immer im Sommer, er hatte die dunkle Haut seines algerischen Vaters, einen noch dunkleren Bartschatten, und seine ebenholzfarbenen Augen glänzten feucht zwischen den langen Wimpern. Er sah besser aus denn je, zudem war er unauffällig, aber teuer eingekleidet. Das war neu. Er musste mit seiner Band wirklich gut verdienen. Am meisten ärgerte Annika, wie wahnsinnig ähnlich ihm Mattis sah. Das Kind hatte äußerlich so gut wie nichts von ihr und alles von seinem Vater, die Hautfarbe, die Augen, die schönen Wimpern und die dunklen Locken. Und er trommelte und pfiff schon jetzt jede Melodie aus dem Radio mit, ganz der Papa.

»Wo ist Mattis?«, fragte Pascal noch einmal. »Ich will meinen Sohn sehen, ich frage dich ein letztes Mal, danach werde ich andere Maßnahmen ergreifen.«

»Dein Sohn ist im Ferienlager, und zwar noch bis zum Ende dieses Monats. Danach können wir gern einen Besuchstermin in Münster vereinbaren. Und demnächst meldest du dich rechtzeitig bei mir an«, sagte Annika fest.

»Ab August sind wir wieder ständig gebucht, wir sind schon ab Ende Juli in Edinburgh auf einem Festival. Den Rest des Sommers über touren wir in Skandinavien. Ich habe jetzt für Mattis Zeit, nicht später. Meine Mutter ist zu Hause, sie hat den Kleinen seit Monaten nicht gesehen. Mein Wagen steht in Niebüll. Wir können schon morgen Abend zu Hause sein.«

»Zu Hause!« Annika lachte bitter. »Hast du denn überhaupt nichts kapiert, Mann?«

Pascal legte eine Hand auf Annikas Unterarm und sah sie eindringlich an. »Anni, komm doch einfach mit. Bitte, lass es uns noch einmal versuchen.«

Annika schüttelte den Kopf. Obwohl sie es nicht wollte, stiegen ihr die Tränen in die Augen. Was fiel ihm ein – sie hasste ihn! Er war so egoistisch! Alles drehte sich immer nur um ihn, und sie und Mattis, sie sollten einfach nur ein nettes Ferienvergnügen für ihn sein. Wie oft hatte sie ihn angefleht, mit ihr zu sprechen, sie anzurufen, sie hatte ihm SMS geschickt, sie hatte ihm angeboten, ihn mit Mattis auf seinen Tourneen zu begleiten, damit sie irgendwie zusammen sein konnten. Aber Pascal hatte nur seine Musik im Kopf gehabt. Nach unzähligen erfolglosen Jahren war er nun endlich mit einem recht guten, aber auch nicht viel besseren Song als den vorangegangenen in den Charts gelandet. Und hatte sich seither um nichts anderes mehr gekümmert als um seine Musik. Das konnte sie ihm nicht verzeihen. Jetzt nicht mehr.

»Wir sind doch eine Familie«, sagte Pascal. Und obwohl er Annika dabei so treuherzig ansah wie eine Dogge, der man einen Kalbsknochen vor die triefenden Lefzen hielt, konnte er ihr Herz damit nicht mehr erweichen. Im Gegenteil. Sie musste plötzlich an Hans denken. An seine liebevolle Aufmerksamkeit, sein ruhiges, ausgeglichenes Wesen. Wie eine warme Welle schwappten die Gefühle für Hans über ihr wundes Herz und spülten alle Zweifel fort.

Sie schüttelte Pascals Hand ab und stand auf. Sie wollte so schnell wie möglich zurück nach Westerland, um Mattis in Sicherheit zu bringen. Ganz sicher würde sie ihm den Jungen jetzt nicht überlassen, damit er mit dem armen Kind zwei Tage lang über die Autobahnen raste, nur um ihn stolz seiner Mutter auf den Schoß zu setzen. Und wie sollte Mattis anschließend wieder nach Hause kommen? Darüber hatte der tolle Vater sich bestimmt auch noch keine Gedanken gemacht.

Während der Kapitän eine launige Ansprache über die unterschiedlichen Vorstellungen von Rangfolge, Selbstverständnis und die kleinen Konkurrenzen der nordfriesischen Inseln untereinander vom Stapel ließ und das Schiff sanft und präzise in Wittdün auf Amrum an die Mole legte, kletterte Annika eilig die eiserne Treppe vom Sonnendeck hinab und reihte sich in die Schlange der Passagiere ein, die in Amrum von Bord gehen wollten. Auch die anderen Frauen aus dem Kurheim gingen hier an Land, fast alle Passagiere verließen das Boot bis auf die wenigen, die gleich weiterfahren wollten nach Wyk auf Föhr.

Pascal verließ das Boot als einer der Letzten. Unschlüssig stand er am Kai herum, versuchte, herauszufinden, was Annika vorhatte. Er wollte ihr folgen, um Mattis zu finden, das war klar.

Annika fand ein Toilettenschild und begab sich zur Damentoilette. Sie spürte Pascals Blick in ihrem Rücken. Vom Toilettenfenster aus konnte sie ihn beobachten und in einem günstigen Moment das Waschhaus wieder verlassen. Abfahrbereit lag die »Sturmmöwe« für die Rückfahrt nach Hörnum am Pier. Mit ein paar großen Sätzen war Annika an Bord und in der Personenkabine verschwunden. Vom ablegenden Schiff aus sah sie Pascal mit Olga und ihren Freundinnen sprechen. Sie lachten und schäkerten mit ihm. Dann zeigten sie auf das Schiff, auf dem Annika sich befand, und Pascal beschirmte seine Augen mit der Hand. Aber da lagen schon jede Menge Handbreit Wasser zwischen Schiff und Mole.

Kapitel elf

Die Rückfahrt über saß Annika ganz allein auf dem Sonnendeck und ließ die Tränen laufen. Seit ihrer Abreise aus Frankreich hatte sie nicht mehr so heftig geweint. Das ganze Elend ihrer zerbrochenen Ehe wurde ihr noch einmal bewusst. Jetzt, wo sie Pascal wieder erlebt hatte mit all seiner verletzenden Rücksichtslosigkeit und Ichbezogenheit, aber auch mit seiner betörenden Direktheit und fast kindlichen Offenheit – da war sie wieder verwirrt wie in den Monaten vor ihrer Trennung. Sie musste auf jeden Fall verhindern, dass Mattis seinen Vater sah. Wie sehr würde es erst ihn verwirren, Pascal, den er heiß und innig liebte und der ihn plötzlich ganz und gar vergessen zu haben schien, hier jetzt vor sich zu sehen. Er hatte sich gerade einigermaßen stabilisiert, weinte nicht mehr im Schlaf und hatte, seitdem sie hier auf der Insel waren, noch kein einziges Mal nach seinem Papa gefragt. In Münster hatte er sich mindestens einmal am Tag nach ihm erkundigt. Meistens abends vor dem Einschlafen. Immer wieder hatte Annika sich Geschichten ausgedacht, die einigermaßen plausibel erklärten, warum Pascal sich nicht bei ihm meldete, ihm nicht auf seine Briefe und Fragen antwortete. Irgendwann hatte sie angefangen, ihm Pascals Musik vorzuspielen. Widerwillig hatte sie zwei CDs gekauft, die neu herausgekommen waren. Pascal sang darauf, auch die Texte waren von ihm.

Mattis lauschte der Stimme seines Vaters, die er natürlich erkannte, obwohl sie durch die Technik verfremdet war. Er verstand die Texte noch nicht, vermutlich nicht einmal alle Worte, auch Annika verstand nicht alles. Aber die Stimme faszinierte und beruhigte ihn. Annika hatte ihm erklärt, dass sein Vater in der Welt herumreiste, um diese schönen Lieder zu singen. Und dann, wenn er damit fertig wäre, eines Tages, würde er zurückkommen und Mattis besuchen. Aber nicht hier und jetzt! Hier und jetzt würde es den Kleinen nur durcheinanderbringen und verunsichern.

Als das Schiff in Hörnum anlegte, hatte Annika sich einigermaßen gefangen und ihre Tränen getrocknet. Das kurze Aufblitzen des alten Pascal, in den sie sich einmal verliebt hatte, war wieder verblasst. Zurück blieb sie, fest verankert in ihrer Rolle als verantwortungsvolle Mutter, als getrennt lebende, alleinerziehende Frau, die gerade wieder angefangen hatte, ihr Leben selbst in die Hand zu nehmen. Wie hatte sie sich nur jemals von diesem Heute-hier-morgen-dort-Musikus den Kopf verdrehen und ihr Leben so ganz nach seinem chaotischen Lustprinzip dirigieren lassen können? Sie war nun mal ganz anders strukturiert als er, eher pflichtbewusst und sozial orientiert. Für einen Moment hatte sein freies Künstlertum, sein schillerndes Ego, seine Genussfähigkeit und Spontaneität ihr Leben bunt und abenteuerlich gemacht. Aber spätestens seit Mattis' Geburt hatte die Mischung dieser unterschiedlichen Ingredienzien für sie nicht mehr gestimmt.

Als das Schiff in Hörnum anlegte, hatte das Wetter gewechselt. Dunkle Wolken wurden über das Meer herangetrieben. Ein starker Westwind peitschte das Wasser auf und warf schäumende Wellen an den Strand der Hörnumer Odde. Hier befand sich einer der beeindruckendsten, aber auch gefährdetsten Punkte Sylts. Ständig wurde hier Sand verweht, ganze Landstücke brachen ab und verschwanden für immer in der See.

Annika ließ sich am Südstrand vom Wind kräftig durchblasen und bog dann ab auf die Promenade, die in die kleine Geschäftsstraße von Hörnum mündete. Hungrig ließ sie sich vor einer Konditorei nieder und verspeiste ein großes Stück Friesentorte, eine köstliche Kombination aus knusprig gebackenen Blätterteigscheiben und frischer süßer Sahne mit Früchten. Dazu trank sie zwei Tassen starken Kaffee und schaffte es gerade noch, den Bus nach Westerland zu erreichen, der schräg gegenüber der Konditorei die Haltestelle anfuhr, als sie gerade ihre Rechnung bezahlte.

Jens Meierdirks landete gegen vierzehn Uhr in Westerland. Mit der kleinen Cessna, die er schon seit vielen Jahren flog und seit einigen Jahren sein Eigentum nannte, war er in einer knappen Stunde von Kiel aus auf der Insel. Das Wetter war auf dem Festland wunderbar gewesen, sonnig, klare Sicht. Nach dem Start hätte er in den saftig grünen Holsteiner Gärten die Wäschestücke auf der Leine und die Kühe auf den Weiden zählen können. Je mehr er sich der Westküste näherte, desto turbulenter wurde das Wetter. Vor dem Küstenstreifen durchflog er ein paar dichte Wolkenfelder, dann wurde der Himmel wieder klar, und die weiten Sandbänke des Wattenmeers taten sich unter ihm auf. Der Meeresboden schillerte von hier oben aus gesehen in diversen Grüntönen, die Strände leuchteten gelb oder dunkel und schwarz daraus hervor, trugen vom Wind und den Wellen gestaltete Muster und Zeichnungen. Es gab nichts, was ihn so sehr beruhigte und entspannte, wie ein Flug über das Wattenmeer, mit diesem Blick in die Ferne, bis zum grenzenlosen Horizont. Wenn dann die Insel auftauchte, seit vielen Jahrzehnten seine zweite Heimat, ihr langer, weißer Sandstreifen, mit dem ihn so viele schöne Erinnerungen verbanden, die grün-braune Dünenlandschaft, schließlich das Häusermeer von Wenningstedt und Westerland – es gab keinen schöneren Ort auf der

Welt für ihn. In Kiel lebte seine Familie, dort kam er her, da wohnten seine Kinder, seine Exfrau. Auf Sylt aber lebte seine Seele. Hier konnte er durchatmen, allein sein, zu zweit sein, hier konnte er träumen. Nur aus diesem Grund war er so lange auf diesem drittklassigen Heimleiterposten hängen geblieben – weil er dadurch auf der Insel leben konnte. Obwohl er nach und nach immer mehr Leitungsaufgaben im Trägerverband übernommen hatte, hatte er den endgültigen Wechsel des Aufgabenfelds, der den unweigerlichen Ortswechsel nach Kiel nach sich zog, so lange wie möglich aufgeschoben. Immerhin hatte er inzwischen drei Häuser auf Sylt und konnte jederzeit herkommen und so lange bleiben, wie er wollte: Es gab das von ihm selbst bewohnte Anwesen am Rande von Wenningstedt, den Bungalow in Kampen, ein reines Abschreibungsobjekt, das leer stand, und ein kleines Einfamilienhaus in Westerland, ein Gelegenheitskauf. Darin wohnten Mieter. Er würde es demnächst aus- und umbauen und dann wieder verkaufen. Vielleicht interessierte sich auch eins seiner Kinder dafür.

Jens Meierdirks erhielt die Landeerlaubnis pünktlich um vierzehn Uhr eins und ließ die Cessna sanft auf der Westerländer Piste aufsetzen und ausrollen. Von seinem Parkplatz aus war es nicht weit bis zu den Abfertigungshallen. Von Weitem sah er schon, dass Tjorben ihn erwartete. Er winkte, nachdem er aus seinem Flugzeug geklettert war. Er war inzwischen ein beleibter, kahlköpfiger Sechziger, trug immer noch lieber Jeans als feinen grauen Zwirn und hatte immer eine lederne Aktenmappe unter den Arm geklemmt, die aus allen Nähten platzte. Meierdirks lachte, während ihm der Wind die wenigen Haarsträhnen zerzauste, und genoss die frische Brise, die ihn auf der Insel empfing wie einen alten Freund, einen Herzensfreund.

Tjorben klopfte ihm auf die Schulter, zusammen gingen sie durch die Halle zum Parkplatz, wo der erheblich jüngere Freund ihnen ein Taxi heranrief.

»Mal wieder ohne Auto auf der Insel?«

»Das rechnet sich nicht«, sagte Tjorben und hielt dem Älteren die Tür auf. Er kannte Meierdirks von Kindheit an. Sein Vater, Hans' Vater und Meierdirks waren früher die besten Freunde gewesen. Die drei alten Herren hatten hier auf Sylt jahrzehntelang ihre Wochenenden und freien Tage verbracht. Schon als Kinder, vor allem aber später als junge Männer hatten Tjorben und Hans ihre Väter begleitet, hatten erst allein am Strand gespielt, später hatten die Alten sie mitgenommen in die Kneipen und zu den Partys. Seine erste Freundin hatte Tjorben Meierdirks ausgespannt. Oder, wie Meierdirks es ausdrücken würde – der hatte ihm die abgelegte Freundin überlassen. Sie war etliche Jahre älter als Tjorben gewesen – und vermutlich rund zwanzig Jahre jünger als Meierdirks. Als Tjorbens Vater viel zu früh starb – er war Handwerker gewesen, Klempner, wie er, und hatte an Bauchspeicheldrüsenkrebs gelitten –, hatte Meierdirks Tjorben unter die Fittiche genommen. Zu der Zeit war er Leiter des Mutter-Kind-Kurheims in Westerland gewesen. Tjorben war Anfang zwanzig gewesen, hatte gerade seinen Meister gemacht und dann gleich den Betrieb des Vaters übernehmen müssen. Meierdirks hatte ihm alle Arbeitsaufträge zugeschanzt, die in seinem Umfeld anfielen. Zuallererst natürlich sämtliche Klempnerarbeiten im Kurheim. Dass es dabei nicht immer ganz mit rechten Dingen zuging, hatte Tjorben schnell kapiert, aber er kannte es gar nicht anders. Auch sein Vater hatte ständig solche »Geschäfte« gemacht, wie er es nannte. Noch als er schwer krank war, hatte er seinen Sohn zu sich gerufen und ihm versucht, ein paar grundlegende geschäftliche Dinge zu vermitteln.

»Du kannst alles machen, nur erwischen lassen darfst du dich nicht«, war zum Beispiel so ein Spruch, den Tjorben von seinem Vater oft gehört hatte. Er hatte Rechnungen ausgestellt über Reparaturen und Arbeiten, die so nie stattgefunden hatten. Oder Ersatzteile als neu in Rechnung gestellt, die ihn selbst nichts gekostet hatten, weil er sie irgendwo anders ausgebaut und in der eigenen Werkstatt überholt hatte. »Das ist das ganz normale Geschäft«, meinte er. »Der Kunde will, dass seine Dusche oder Waschmaschine wieder laufen. Und dafür sorgen wir, verstanden, mien Jung?«

Und der Junge hatte schnell verstanden. Im Laufe der Jahre hatte er sich mit Meierdirks richtig angefreundet und dessen Methoden noch ein bisschen verfeinert und ausgebaut. Vor einiger Zeit hatten sie gemeinsam eine Immobilienfirma gegründet und erwarben günstige Grundstücke und alte Häuser, die die Besitzer oder Erben nicht mehr erhalten konnten. Alles ganz legal. Tjorben renovierte die Häuser, Meierdirks verkaufte sie mit einem guten Händchen für Profit. Das Unternehmen blühte, auch jetzt noch, wo Meierdirks nicht mehr auf der Insel arbeitete. Inzwischen hatten sie auch Immobilien auf dem Festland im Angebot. Gab es juristische Probleme, wurde Hans befragt, der Jugendfreund und dritte im Bunde aus Kinder- und Jugendtagen. Sein Vater war auch vor einigen Jahren gestorben, Hans übernahm einen Teil seiner Mandate. Die schmeckten ihm manchmal nicht besonders. Das war schon seinem Vater so gegangen. Aber wenn er dadurch auf Sylt sein konnte – und nicht bei seinen langweiligen Mandanten und seiner noch viel langweiligeren Ehefrau in Kiel bleiben musste, war er zu Kompromissen bereit. Seitdem er im Haus seines Vaters in Wenningstedt lebte, war er viel umgänglicher geworden, entspannter. Er fragte nicht mehr so viel nach bei den kleinen krummen Geschäften hier auf der Insel. Nur Meierdirks' Kommandoton konnte er nicht ausstehen. Er war auch einfach viel schlauer als Tjorben, vermutlich auch schlauer als Meierdirks. Man konnte ihn nicht so einfach mit einem guten Essen und ein paar netten Mädchen hinterher wieder besänftigen, wenn es Meinungsverschiedenheiten gab. Bei ihm blieb immer etwas nach. Er war halt kompliziert. Aber so war er schon immer gewesen, schon als Junge.

Hans' BMW parkte vor dem Mutter-Kind-Heim, als Tjorben und Meierdirks mit dem Taxi ankamen, es bezahlten und abfahren ließen. Hans lehnte an der Fahrertür und tippte auf seinem Smartphone herum. Mit einem schiefen Lächeln begrüßte er Meierdirks und schlug Tjorben kameradschaftlich auf die Schulter. Sein rotblonder Haarkranz loderte in der Sonne.

»Hey, alter Freund, alles okay?«

Tjorben nickte. »Hast du gute Neuigkeiten?«, fragte er mit Blick auf Hans' Telefon.

»Nö. Nur Privatkram.«

»Deine neue Flamme?«

»Geht dich nix an!«, sagte Hans und schob Tjorben vor sich her in Richtung Haupteingang.

»Dann wollen wir mal«, sagte Meierdirks. Er öffnete die Tür und ließ die beiden Kumpel zuerst eintreten. Er nickte der Pförtnerin zu, die ihn freundlich mit Namen grüßte.

»Den Weg kennen Sie ja noch, Herr Meierdirks«, meinte sie lächelnd.

»Und ob«, meinte Meierdirks mit einem Siegerlächeln.

Annika trödelte von der Bushaltestelle aus noch ein bisschen durch die Fußgängerpassage, besah sich die Schaufenster, probierte ein T-Shirt an in einer Boutique, das ihr aber nicht passte. Dafür fand sie witzige Shorts für Mattis, die zudem recht billig waren, und kaufte sie. Das Wetter hatte wieder gewechselt, es war sonnig und warm. Sie aß ein Eis in einer kleinen Eisdiele und beobachtete die Leute, die in Paaren und Gruppen über die Einkaufsstraßen schlenderten, auf dem Weg zum Strand waren oder einfach nach dem Mittagessen noch etwas bummelten. Annika wusste nicht, ob die Kinder heute an den Strand gegangen waren, aber sie wusste, dass die Gruppe immer zum Mittagessen ins Heim zurückging, damit die kleineren Kinder anschließend ihren Mittagsschlaf machen konnten. Auch Mattis hatte wieder angefangen, nach dem Essen ein bisschen zu ruhen, was ihm sehr guttat. Annika vertrödelte also noch weiter ihre Zeit in der Stadt, bis sie gegen halb drei Uhr meinte, dass die Kinder ausgeschlafen sein müssten und sie Mattis aus der Betreuung abholen könnte. Ihre Anwendungen hatte sie für heute alle abgesagt, da sie ja eigentlich den ganzen Tag über auf dem Schiff hatte zubringen wollen. Kurz vor drei Uhr kam eine liebevolle SMS von Hans, der irgendwo auf einen Besprechungstermin warten musste und ihr ein Küsschen mit Smiley schickte. Es kam ihm ewig vor, dass sie sich zuletzt gesehen hatten. Ihr auch. Sie simste zurück, dass sie ihn heute Abend gern sehen würde, aber noch nicht wusste, wo und wann es bei ihr ginge. Er antwortete nicht, vermutlich hatte sein Termin inzwischen begonnen. Tatsächlich wusste sie gar nicht, wie sie es am Abend machen sollte, denn sie hatte keine Ruhe, wenn sie Mattis allein in ihrem Zimmer zurückließ. Jetzt, wo sie Pascal hier getroffen hatte, noch weniger als zuvor. Aber sie hatte so große Sehnsucht nach Hans, sie musste ihn einfach sehen, auch wenn es nur kurz war. Sie würde ihm auch gern endlich alles sagen – warum sie hier war, dass es Mattis gab, dass sie (noch) verheiratet war, genau wie er. Sie musste wissen, ob sie auf ihn bauen konnte, ja, sie musste wissen, woran sie bei ihm war. Vermutlich war die Annahme Unsinn, dass er sie fallen ließe, wenn er ihre wahren Lebensumstände kennen würde. Jetzt nicht mehr. Es passte nicht zu ihm. Es passte nicht zu den Gefühlen, die sich zwischen ihnen entwickelt hatten.

Sie kaufte sich einen weiteren Insel-Krimi und schlenderte langsam zurück zum Kurheim. Die Sonne hatte jetzt ihre größte Intensität erreicht, es war stickig heiß zwischen den Häuserfluchten. Sie überquerte den großen Platz vor dem Spielkasino, auf den die Hitze förmlich drückte. Immer auf die jeweils schattige Straßenseite wechselnd lief sie weiter bis zum Kurheim, freute sich auf ein großes Glas kühles Wasser und beschloss, gleich irgendwo im Garten mit Mattis zu spielen oder ihm beim Spielen zuzuschauen.

Da die Kinderbetreuung auf der Rückseite des Gebäudes untergebracht war, wählte Annika nicht einen der Seiteneingänge, die direkt zu den Appartements führten, sondern den schattigen Weg am Haus entlang bis zum Parkplatz vor dem Haupteingang. Es stand nur ein einziger Wagen auf dem Besucherparkplatz, ein schwarzer BMW der S-Klasse, genau so einer, wie Hans ihn fuhr. Annika blieb stehen und starrte den Wagen an. Der Wagen hatte ein Kieler Kennzeichen, genau wie Hans' Wagen. Aber wie viele schwarze BMW dieser Klasse mochte es in Kiel geben? Etliche. Die Sitzpolster waren mit hellem Leder bezogen. Auch das stimmte. Und dann entdeckte Annika die kleine hölzerne Hexe unter dem Spiegel, die Hans von seiner jüngsten Tochter als Talisman geschenkt bekommen hatte. Die kleine Hexe mit dem Raben Abraxas auf der Schulter … Annika spürte einen Tumult in ihrem Magen. Die Vorstellung, Hans hier im Kurheim zu sehen – von ihm hier gesehen zu werden –, versetzte sie in Panik. Oder war es Freude, dass er hier war und sie ihm jeden Augenblick begegnen könnte? Oder Angst? Oder einfach nur der Schreck … Sie hörte Stimmen aus dem Haus kommen, Schritte. Tiefe Männerstimmen, ein Lachen. Wie eine Diebin, die nicht hierhergehörte, schaute sie sich um, wo sie sich verstecken könnte. Eine große, blühende Hortensie schien genug Schutz zu bieten. Mit einem Satz verschwand Annika hinter den Rabatten, sank mit ihren Sandalen in die feuchte Erde ein und duckte sich hinter den Busch. Hans und Tjorben traten in Begleitung eines weitgehend kahlköpfigen älteren Herren aus dem Haus, schritten redend und gestikulierend die drei Stufen zum Parkplatz hinunter und steuerten direkt auf den BMW zu, den Hans mit seiner Fernsteuerung von Weitem öffnete. Dann klappten die Autotüren, und die Limousine wendete knirschend auf dem Kies, rollte langsam über den Bürgersteig und fuhr in Richtung Innenstadt davon.

Kapitel zwölf

Nichts ist dabei herausgekommen«, sagte Susan mit Bitterkeit in der Stimme. Ihr Gesicht war eine starre Maske, ihr Blick ging in die Ferne, sie kaute nachdenklich auf der Unterlippe herum. »Das Gespräch hat keine halbe Stunde gedauert. Ich soll mir schon mal eine neue Stelle suchen, hat Meierdirks am Ende gesagt. Die Kündigungen gehen in den nächsten Tagen raus.«

Die Tür ihres Arbeitszimmers wurde leise geöffnet, und Schwester Beke steckte ihren Kopf herein. »Werde ich heute hier gebraucht?«

Susan Leuwerik hob die Augenbrauen und schüttelte den Kopf. »Danke, Schwester, nein, wir brauchen Sie nicht. Ist alles in Ordnung im Krankenrevier?«

»Im Grunde ja«, sagte die Schwester und trat nun doch in den Raum, lehnte die Tür hinter sich an. Sie trug wie immer ihre dunkelgraue Schwesterntracht mit weißer Schütze und Häubchen und sah aus wie eine Figur aus einer Fernsehserie, die im 19. Jahrhundert spielte. »Ich wollte nur mal sagen, dass es diesmal ziemlich viele Frauen gibt, die abends unterwegs sind. Also vielleicht, wenn Sie dazu doch mal etwas ansagen könnten, Susan?«

Susan sah die Schwester aufmerksam an, schwieg aber. Sie spielte mit ihrem Kugelschreiber, nichts rührte sich in ihrer Miene.

»Ich meine ja nur«, fuhr die Schwester fort. »Es muss ja nicht erst etwas passieren.«

»Wir haben ausreichend Babyphones angeschafft«, sagte Susan. Ihre Stimme klang rau. Ihre Kolleginnen kannten ihre Meinung dazu. Nur weil die Mütter hier auf Kosten der Krankenkasse zu Gast waren, musste man sie nicht beaufsichtigen wie Jugendliche in einem Schullandheim.

»Aber jeden Abend diverse Babyphones hüten kann ich auch nicht.« Schwester Beke wirkte nun eingeschnappt, weil ihr Anliegen offenkundig nicht ernst genommen wurde. »Und dass hier abends Herren mit ins Haus kommen, finde ich auch nicht in Ordnung. Wenn das rauskommt – da möchte ich aber nicht die Presse am nächsten Tag lesen.«

»Ist das geschehen?«, fragte Susan scharf.

»Ich habe niemanden gesehen. Aber ich habe gehört, es soll vorgekommen sein.«

»Danke für Ihren Hinweis«, lenkte Susan ein. Ihre Stimme war immer noch scharf vor Missbilligung. Sie schien zu erwarten, dass die Schwester jetzt den Raum verließ. Die anderen Frauen aus der kleinen Morgenrunde rutschten unangenehm berührt auf ihren Stühlen herum. Elfi Nickel, die Psychologin, versuchte, der Schwester wohlwollend zuzublinzeln. Aber Schwester Beke war jetzt ebenfalls verärgert, genauso verärgert wie Susan Leuwerik. Sie blieb noch eine ganze Weile trotzig neben der Tür stehen, dann drehte sie sich endlich um und verließ den Raum, die Tür kräftig hinter sich zuziehend.

Susan Leuwerik sah in die Runde ihrer Mitarbeiterinnen. Nicola Stemmann, die Ärztin, ergriff als Erste das Wort.

»Dann können wir uns jetzt also alle schon mal nach einem neuen Job umsehen?«, fragte sie.

Susan Leuwerik verzog keine Miene. Sie legte den Kugelschreiber beiseite, mit dem sie herumgespielt hatte, als würde sie damit das Zepter abgeben, das ihre Macht und Kompetenzen symbolisierte.

»Du hast den Herren ja sicherlich klargemacht, was hier auf dem Spiel steht, Susan«, begann Maren Peters. »Achtzehn Arbeitsplätze sind kein Pappenstiel. Ich habe gehört, dass Meierdirks jetzt auch in der Politik mitmischen will, das ist dann doch ein Argument, das ihm einleuchten müsste.«

»Achtzehn Arbeitsplätze im pflegerischen Bereich sind nicht das, was einen wie Meierdirks bekümmert«, sagte Susan. »Hochpreisige Bauvorhaben sind es, die ihn interessieren. Denn die werfen Profit ab. Mit Arbeitsplätzen braucht man nur kurz vor einer Wahl anzugeben, wenn man Wähler fangen will.«

Schweigen lastete im Raum. Die vier Frauen starrten vor sich auf die runde Tischplatte, an der sie nun schon seit so vielen Jahren regelmäßig zusammenkamen und meistens alle Probleme, die anstanden, hatten lösen können. Dass es diese Runde bald nicht mehr geben sollte, war vollkommen unvorstellbar. Es schien so unsinnig. Nur weil das Haupthaus einen feuchten Keller hatte, ein paar Bäder und die Heizungsanlage nicht mehr in Ordnung waren, versenkte man doch nicht gleich das ganze Schiff, an dem sie alle mit ihrer ganzen beruflichen Existenz hingen! Noch viel unvorstellbarer war, dass sie scheitern sollten, weil ein Vorstandsboss sein privates Süppchen auf der Insel kochte und es ihnen einfach nicht gelang, seine Intrige aufzudecken und ihn davonzujagen …

»Und wenn wir Meierdirks verklagen«, meinte Maren Peters. »Wir können uns doch auch einen Anwalt nehmen, dann klären die Gerichte, was hier passiert ist. Dann muss der Meierdirks beweisen, dass er hier keinen Mist gebaut hat. Wie wäre das?«

Susan schüttelte den Kopf. »Der Trägerverband weigert sich, die alten Vorgänge zu überprüfen und neue Gutachten in Auftrag zu geben. Gegen Meierdirks und diesen Klempner kommen wir nicht an. Der Anwalt hat ja gestern schon gesagt, dass das sowieso alles längst verjährt sei. Von Veruntreuung könne keine Rede sein, das sei im Gegenteil eine Verleumdung. Sie haben das alles sehr gut eingefädelt, damals. Sie haben sich auf allen Ebenen abgesichert. Und selbst wenn wir gegen sie klagen könnten – wie sollten wir das je bezahlen? Die Anwälte, die Gutachten, die Gerichtskosten! Und wenn wir verlören, wäre alles Geld weg. Und unsere Arbeitsplätze sowieso. Ich fürchte, es funktioniert nicht, das Spiel ist aus. Es sei denn, wir besetzen das Haus. Ketten uns hier an oder so.«

Niemand lachte, auch Susan nicht. Sie hatten die Möglichkeiten eines Arbeitskampfs schon abends beim Bier ausführlich erwogen.

»Oder wenn wir Meierdirks irgendetwas anderes ans Zeug flicken könnten«, meinte Elfi Nickel.

»Was sollte das sein«, sagte Susan. »Kinderpornos?!«

»Oder ...«, überlegte die Psychologin weiter. »Oder wenn es nicht ihn beträfe, sondern diesen anderen, diesen Strohmann, mit dem er zusammenarbeitet ...«

»Du meinst den Klempner, Tjorben Klenk?«

Elfi Nickel wand sich auf ihrem Stuhl. »Ich meine – also ich darf eigentlich ja nicht darüber sprechen. Es ist vertraulich.« Sie rieb sich übers Gesicht. »Vergesst, was ich euch gesagt habe. Es ist mir als Therapeutin etwas mitgeteilt worden, was ich hier natürlich nicht weitersagen kann.«

Susan Leuwerik sah die Psychologin forschend an. »Meinst du, ich sollte mal mit unseren Frauen reden? Meinst du, dabei kommt etwas heraus?«

»Nein, lieber nicht. Aber rede doch vielleicht noch mal mit Schwester Beke ...«, stammelte die Psychologin.

»Ich verstehe ...«

»Aber sage bitte niemandem, dass du das von mir hast!«

»Natürlich nicht«, sagte Susan. Sie starrte an die Wand. Und alle anderen schwiegen auch, hielten ängstlich die Luft an, als könnte der kleine zarte Hoffnungsschimmer, der sich langsam in Susans Gesicht ausbreitete, beim leisesten Geräusch wieder verfliegen.

»Das wäre natürlich eine Möglichkeit …«

Annika bestellte sich einen Cappuccino, Sally nahm einen Eisbecher mit drei Kugeln Eis und Sahne.

»Ich muss immer so viel essen, wenn ich unglücklich bin«, meinte Sally und betupfte ihre Augenwinkel mit einem Taschentuch, das sie die ganze Zeit über in der Handfläche geknüllt hatte. »So etwas ist mir wirklich noch nie passiert, Annika, das kannst du mir glauben. Also, ich bin immer noch fassungslos, obwohl ich nun schon zweimal mit Frau Nickel darüber gesprochen habe. Sie hat mir gestern eine halbe Stunde gegeben und heute noch einmal. Obwohl sie eigentlich keine Zeit hatte. Weil es doch ein Notfall ist.«

Die Kellnerin stellte einen enormen Eisbecher vor Sally hin, der mit zwei Waffeln dekoriert war, die wie Flügel von dem Eisberg abstanden. Sally ergriff den langstieligen Löffel und machte sich an die Arbeit. Annika nahm einen Schluck Cappuccino und genoss das bittere, herbe Aroma des italienischen Kaffees, das nur von sehr wenig aufgeschäumter Milch und einer Spur Kakaopulver abgemildert wurde.

»Erzähl doch bitte mal der Reihe nach. Du spannst mich auf die Folter.«

»Also erst ging es ja ganz gut zwischen Tjorben und mir, ich hab dir ja davon erzählt. Er war wirklich süß, und wir – na ja, wir passten einfach gut zusammen. Das ist nicht immer so bei mir, weißt du?«

Sally sah Annika prüfend an, so als überlegte sie, wieweit sie der anderen gegenüber ins Detail gehen müsste, um sich verständlich zu machen. Ihr Eislöffel zitterte dabei wie ein Seismograf über der obersten Kugel – dottergelbes Mangoeis –, die langsam zu schmelzen begann. Sally seufzte und entschied, keine weiteren Einzelheiten beizusteuern. Sie nahm einen großen Löffel voll Mangoeis und schob ein Tüpfelchen Schlagsahne hinterher.

»Beim zweiten Mal war er dann irgendwie so hastig mit allem, na ja, du weißt schon. Schwamm drüber, dachte ich. Der Mann kommt von der Arbeit, ich bin hier zur Kur und lasse es mir rundherum gutgehen. Zuerst waren wir wieder in diesem sauteuren Club in Kampen, mit Türstehern und wer weiß was. Danach sind wir da bei der Buhne 16 an den Strand gegangen. Aber es war nicht so romantisch wie beim ersten Mal. Es war auch so eine windige Nacht, einfach zu kühl für so etwas.«

»Und dann?«

»Ja, und dann …« Sally schaute lange in die Ferne, die in diesem Fall nicht besonders fern war, denn sie befanden sich auf der Einkaufsstraße von Westerland und schauten direkt auf zwei noble Bekleidungsgeschäfte auf der anderen Straßenseite, die beide kaum Laufkundschaft zu verzeichnen hatten. An mangelnden Gästen konnte es nicht liegen, denn der Strom der Menschen, die die Einkaufsstraße hinauf- und hinunterwanderten, riss nie ab. Aber einkaufen tat eigentlich kaum jemand. Man guckte, schlenderte, vertrödelte den Urlaubstag zwischen zwei Strandaufenthalten oder zwischen den Mahlzeiten. Die Einzigen, die hier immer in Eile waren, waren die lautstark krakeelenden Möwen. »Und dann erzählte mir vorgestern Karla, also meine Tochter, dass sie einen netten Typen kennengelernt habe. Ich denke mir natürlich nichts Böses dabei, hör mir die Geschichtchen an – und ahne natürlich gar nichts. Ich Tölpel! Inzwischen wartete ich schon ziemlich lange auf einen Anruf von Tjorben, also mindestens seit mittags hatte er sich nicht mehr gemeldet. Das war vorgestern Abend, ich war mit Karla ein Schorle trinken gegangen vor dem Abendessen.«

»Karla ist doch erst dreizehn, oder?«, fragte Annika.

»Ja, sie ist vor zwei Monaten dreizehn geworden. Sie ist ein bisschen frühreif, das war sie schon immer. Und sie hat das gewisse Etwas, das Männer anzieht. Sie ist einfach niedlich, nicht?«

Neben ihrem Kummer zog mütterlicher Stolz auf in Sallys Gesicht. Sie balancierte ein paar hochgetürmte Löffel Eis in den Mund, ließ sie durch die Kehle rutschen und sprach weiter. »Während ich also mit Karla da in dieser Bar saß, kam eine SMS von Tjorben – eine Absage für den Abend. Ich hatte dem Kind natürlich nichts von meiner kleinen Affäre erzählt, damit will ich sie gar nicht belasten. Mütter haben keine Affären zu haben, finden unsere Töchter in diesem Alter. Aber in dem Augenblick war ich einfach so überrumpelt. Erst war Tjorben dauernd hinter mir her, alle Stunde rief er an oder schickte eine Nachricht, wollte mich jeden Abend sehen – und nun hatten wir uns schon zwei Abende nicht gesehen, und er sagte den dritten Abend auch noch ab. Ich war einfach frustriert, Karla kriegte das mit und fragte, was ich hätte.«

»Und dann?«

»Dann habe ich ihr ein bisschen von Tjorben erzählt. Natürlich nicht alles, das ist ja klar. Erst mal habe ich nur gesagt: Schade, der Tjorben hat gerade abgesagt oder so ähnlich.«

»Und was sagte Karla dann?«

»Das Kind wurde ganz blass. Und dann meinte sie so zickig, wie pubertierende Mädchen mit einem reden: ›Was für ein Tjorben, Mama?‹ Da habe ich ihr erklärt, dass ich hier halt ein paarmal mit ihm ausgegangen bin. Und dass der nun heute leider keine Zeit für mich hat, so in der Art. Ich habe versucht, es so ein bisschen runterzuspielen. Und dann fragte Karla prompt: ›Ist dein Tjorben vielleicht ein bisschen zu jung für dich, Mama?‹«

Annika musste lachen. Es war auch zu lustig, wie Sally erzählte. Die Frau hatte Humor und vor allem keine Angst, über sich selbst zu lachen. »Jetzt sag bloß, Karla hatte Tjorben kennengelernt?«

»Du sagst es. Aber sie hatte ihn nicht bloß kennengelernt – er hat sie angegraben! Eine Dreizehnjährige – meine Tochter! Und er ist doch schon dreißig!«

»Und du bist schon vierzig – irgendwie habt ihr einen Hang zu extremen Altersunterschieden in eurer Familie.« Annika kicherte.

»Du hast gut lachen, du hast deinen Hans für dich alleine – und außerdem hast du nur einen Sohn, dir kann das nicht passieren. Aber ich möchte bitte schön meinen Liebhaber nicht mit meiner Tochter teilen! Und vor allem nicht jetzt schon, Karla ist minderjährig!«

»Da hast du recht«, sagte Annika und gewann ihre Fassung zurück. »Das ist nicht in Ordnung, sie ist noch viel zu jung für so etwas. Was hat er denn mit ihr gemacht, sie in die Eisdiele eingeladen?«

Sally legte ihren Löffel auf den Tisch. Der Eisberg war erheblich reduziert, aber es gab immer noch einiges zu löffeln. Sally schien jedoch der Appetit vergangen zu sein. Tränen traten ihr in die Augen, sie tupfte sie vorsichtig mit dem zerknüllten Taschentuch ab. »Nein, es ist wirklich unglaublich. Er ist mit Karla aufs Zimmer gegangen – im Kurheim!«

Annika richtete sich auf. Das ging nun wirklich zu weit. »Und niemand hat ihn gesehen oder aufgehalten?«

Sally schüttelte den Kopf. »Es war vormittags, die Kinder waren alle am Strand, wir waren mit dem Schiff unterwegs, du erinnerst dich? Karla ist ja schon etwas zu alt für die Kindergruppe, die Erzieherinnen lassen ihr ihre Freiheit, wenn sie keine Lust hat, mit an den Strand zu kommen. Und was tut das schlimme Mädchen? Trifft sich mit diesem Hallodri und geht mit ihm auf unser Zimmer! Ich kann es nicht fassen.«

»Hat sie denn, ich meine, ist sie darauf vorbereitet …«,

stotterte Annika und dankte ihrem Schöpfer, dass er ihr einen Sohn geschenkt hatte und kein Mädchen.

»Na ja, natürlich ist sie aufgeklärt. Aber die Pille bekommt sie noch nicht. Obwohl einige Mädchen in ihrer Klasse sie schon nehmen. Die sind heute früh dran, die jungen Damen! Aber besser, sie schützen sich, als dass etwas passiert. Karla wollte die Pille aber noch nicht nehmen. Sie haben auch nur rumgeknutscht … das hat sie mir geschworen. Aber ich weiß nicht, ob ich ihr das glauben kann!« Sally verlor endgültig die Fassung und weinte los. Ob aus Kummer um ihre frühreife Tochter oder den untreuen Liebhaber, war in diesem Moment nicht auszumachen. Annika reichte ihr eine Serviette, denn ihr zerknülltes Papiertaschentuch hatte sein Fassungsvermögen längst erreicht.

»Ein dreister Typ«, sagte Annika. »Wenn du nun ins Zimmer gekommen wärst – weiß er eigentlich, dass Karla deine Tochter ist?«

Sally nickte. »Na klar. Ich habe ihm ja so von ihr vorgeschwärmt, ihm sogar ein Foto von ihr gezeigt. Ich bin ja so stolz auf meine Kleine. Das habe ich nun davon!«

»Nun mal langsam – haben wir nicht auch unsere Erfahrungen in diesem Alter gesammelt?«

»In diesem Alter habe ich noch mit meinen Puppen in der Sandkiste gespielt«, sagte Sally. Sie prusteten beide los. »Na ja, das stimmt nicht ganz. Mit dreizehneinhalb hatte ich meinen ersten Freund. Und du?«

»Ich war viel älter«, sagte Annika. »Ich war nie so ein Magnet für die Männer.«

»Na, aber mit deinem Hans, das ist ja auch nicht ganz ohne. Pass bloß auf, der ist auch von dieser Gang um Tjorben. Die Jungs hier sind einfach verwöhnt. Die Frauen, die hierherkommen, sind alle auf der Suche nach einem Abenteuer … sie stellen keine großen Ansprüche, sind hinterher wieder weg und machen keinen Ärger.«

»So etwas interessiert Hans nicht. Was meinst du denn mit ›dieser Gang‹?«

Sally trocknete vorsichtig ihre Tränen, ohne die kosmetisch besonders aufwendig behandelten Regionen vollständig zu zerstören. »Also, Frau Nickel hat mich vorhin gefragt, ob ich bereit sei, Anzeige zu erstatten gegen Tjorben. Wegen Verführung einer Minderjährigen – ja, das ist es doch auch!«, rief sie, als Annika sich zurücklehnte und abwinkte. »Das ist strafbar, Karla ist noch ein Kind! Aber was Frau Nickel interessierte: Tjorben hat seine Finger im Spiel bei der Abwicklung des Kurheims. Also, dass sie das hier schließen wollen, hast du doch auch mitbekommen, oder?«

Annika nickte vage. »Schon, aber was geht uns das an? Wir können doch nichts dagegen machen.«

Sally legte einen Finger auf die Lippen. »Wir sollen ja auch gar nichts machen. Frau Nickel hat mich ja nur gefragt, ob ich eventuell bereit wäre, Anzeige zu erstatten gegen den Kerl. Und ich meine: Verdient hätte er es ja.«

»Weil er dich sitzengelassen hat?«

»Weil er sich an eine Minderjährige rangemacht hat!«

Annika zuckte die Achseln. »Wenn du meinst … und was wird deine Tochter dazu sagen?«

Während Sally vor ihr ausbreitete, was sie gedachte, ihrer Tochter zu erzählen, überlegte Annika beunruhigt, was Hans mit der Sache zu tun haben konnte. Aber sie hatte keine Vorstellung davon, was er als Anwalt beruflich tat, außer vor Gericht für irgendwelche Mandanten zu streiten.

Sally wies hinüber zur Einkaufsstraße, wo Olga mit ihren Freundinnen untergehakt und laut lachend langlief. Sie winkten Annika und Sally zu und riefen etwas, was Annika nicht verstand.

»Pascal?«, wiederholte Sally, die offenbar sehr gut von den Lippen ablesen konnte.

»Pascal ist am Strand!«, rief Olga noch mal lauter herüber. »Er hat so große Sehnsucht nach dir!«

Annika erstarrte, dann sprang sie auf. »Kannst du bitte meinen Kaffee bezahlen? Ich gebe dir das Geld später wieder!«, rief sie und war schon in Richtung Strand verschwunden, ehe Sally begriffen hatte, was geschah.

Kapitel dreizehn

Von der einen Seite sah das Gebilde aus wie ein großer Sandhaufen, von fleißigen Kinderhänden aufgeschaufelt und festgeklopft. Aber wenn man es umrundete oder von der See her herantrat, tat sich eine so wunderliche Sandburg auf, wie sie nur selten an dem langen, langen Sylter Strand gebaut worden sein dürfte. Im Schutz des rückwärtigen Hügels waren terrassenförmig Treppen in den Sand gebacken, hohe gerade Treppen, geschwungene mit tiefen Stufen, kleine Hühnerleitern, abschüssige Rutschbahnen und flache Auffahrten. Und jede führte auf ein Plateau, auf dem sich Häuschen oder Hütten mit spitzen Dächern oder offenen Dachterrassen, Balkonen oder kleinen Gärten befanden, liebevoll geformt aus nassem Sand und von der Sonne schon hart gebacken.

Auf der Rückseite des Hügels waren ein paar kleinere Kinder dabei, Muscheln in den Sand zu drücken, die sie zuvor am Strand gesammelt und im Wasser gesäubert hatten, während die größeren Kinder und ein paar Erwachsene ganz versunken an dem Sandhügeldorf weiterbauten. Ein paar Kinder schleppten Wasser in bunten Eimern heran, um den Burggraben zu füllen, der den Hügel umgab. Andere Kinder brachten immer mehr Sand. Der Muschelpanzer sah von Weitem aus wie ein kostbares Mosaik. Spaziergänger, Strandläufer und Badegäste blieben an der Burg stehen und bewunderten sie, machten Fotos und umrundeten sie, um das entstehende Kunstwerk von allen Seiten zu betrachten.

»Woher kommt ihr denn?«, fragte ein älterer Herr die kleineren Kinder.

Mattis hatte gerade alle seine Muscheln im Sand versenkt und wollte neue sammeln gehen.

»Aus dem Mutter-Kind-Kurheim ›Sonnenblick‹ in Westerland«, sagte er artig und mit sehr deutlicher, fast akzentfreier Aussprache. Er hatte in den Wochen hier auf Sylt sehr viel deutsch gelernt, weil in der Gruppe – anders als in der Kita in Münster – viele ältere Kinder waren, die ihn natürlich sehr beeindruckten und anspornten. Er sprach flüssiger und hatte seinen Wortschatz um eine Menge interessanter Schimpfworte, aber auch andere wichtige Vokabeln erweitert. Annika hatte mit ihm so lange geübt, bis er seinen Aufenthaltsort hier fehlerfrei aufsagen konnte – schon für den Fall, dass er sich einmal irgendwo verirrte. Zwar trugen alle Kinder in der Kinderbetreuung ein Kärtchen an einer Kette um den Hals, wenn sie gemeinsam Ausflüge machten. Aber wenn sie an den Strand gingen, wurden die Kärtchen zurückgelassen, damit sie nicht im Sand verloren gingen.

»So, ihr seid aus dem Mutter-Kind-Kurheim. Dann habt ihr wohl auch ein paar Erzieher dabei?« Der Mann war schon sehr alt, fand Mattis. Da er keinen Opa mehr hatte, suchte er vergeblich nach einem Anhaltspunkt für einen so alten Mann, aber ihm fiel niemand ein. Mit älteren Männern sollte er nicht reden, wenn keine Erwachsenen dabei waren. Das war auch so eine Lektion, die Annika ihm immer wieder aufsagte. Aber es waren ja Erwachsene dabei. Alle Kinderbetreuerinnen waren heute mit am Strand, weil es endlich keine Quallen mehr gab. Zwar war es heute windig und kühler, aber jetzt gegen Abend wollte sowieso niemand mehr baden, alle waren mit der Sandburg beschäftigt. Mattis zeigte auf Ulrike und Britta, zwei Betreuerinnen, griff schnell nach seinem Eimer und schickte sich an, Muscheln suchen zu gehen.

Aber der alte Mann beugte sich zu ihm hinunter, stellte sich ihm in den Weg und hielt sein Gesicht mit dem grauen, struppigen Bart auf der Oberlippe und am Kinn ganz nahe vor sein Gesicht. Mattis erschrak und schaute nach unten, um das Gesicht nicht sehen zu müssen. Er spürte, wie ihm die Tränen aufstiegen. Aber dann wurde der Mann plötzlich beiseitegeschoben. Auf dem Sand vor ihm erschienen zwei neue nackte Füße, Füße, die er genau kannte. Die großen Zehen waren breit und rund und kräftig, der zweite Zeh viel länger als der große, der dritte auch und dann wieder zwei kleine, kurze, kräftige.

»Papa!«, schrie Mattis und warf seinen Eimer fort. Er riss die Arme hoch und sprang Pascal, der sich neben ihn in den Sand gekniet hatte, an den Hals und versetzte dem aufdringlichen alten Herrn dabei einen kräftigen Tritt in die Seite. Dann schlang er seine Beine um Pascals Oberkörper und vergrub seinen Kopf in der Halsbeuge, während ihm Freudentränen über das Gesicht liefen.

Pascal stand schwankend auf, seinen Sohn wie ein Äffchen um den Leib geklammert, und strahlte in die Runde der überraschten Gesichter, die ihn plötzlich umgab.

»Sind Sie der Vater?«, fragte eine blonde, ältere Frau im blauen Badeanzug, der ein paar weiße Hautstreifen auf ihrem tiefbraun gebrannten Körper freigab, wo die Sonne sonst wohl nicht hinkam. Sie strich sich mit dem Handrücken ein paar Haarsträhnen aus dem Gesicht und blinzelte ihm freundlich zu. Die Sonne stand schon so tief, dass sie ihr direkt in die Augen schien. Sand rieselte von ihren Händen und von ihrem Körper herab, leuchtete in der Abendsonne wie feiner Goldstaub. »Ich bin Ulrike, Mattis' Betreuerin. Annika hat uns gar nicht gesagt, dass sein Papa heute zu Besuch kommt.«

»Pascal Huyghe, ich komme aus Frankreich. Überraschungsbesuch.«

»Ah.« Ulrike strahlte. »Das ist aber schön. Was Mattis betrifft, hat das mit der Überraschung ja schon mal geklappt. Wollen Sie ein bisschen länger bleiben? Wir haben tolles Wetter!«

»Ja, wunderbar, fast so warm wie bei uns in Nîmes«, sagte Pascal. Er betonte seinen französischen Akzent, wohl wissend, dass das bei Deutschen immer gut ankam. »Ehrlisch gesagt kann ich leider nicht lange bleiben. Ich hole Mattis ab, wir wollen zusammen Ferien machen in Südfrankreich. Die Grand-mère Mémé wartet schon, und Annika kann sich auch besser erholen ohne uns. Nicht wahr, mon petit chou?«

»Aha«, sagte Ulrike. »Ja, wie dumm, dass wir darüber nicht informiert wurden. Mattis ist für die vollen drei Wochen bei uns eingeplant.«

»Das hat Annika ja auch noch nicht wissen können. Wie gesagt, Überraschung, Überraschung. Isch bin Musiker, wissen Sie, ich kann nicht so weit im Voraus planen, wie die anderen es oft gerne hätten. Aber jetzt bin ich hier, und wir fahren so schnell wie möglich los nach Hause, d'accord, Mattisse?«

Der Kleine rührte sich nicht. Er hielt seinen Vater umklammert, als würde er ertrinken, wenn er ihn losließe. Vorsichtshalber hielt er die Augen geschlossen, um nicht sehen zu müssen, was um ihn herum vor sich ging.

»Wir gehen ja gleich sowieso alle zurück ins Kurheim, dann wird sich das bestimmt aufklären lassen«, sagte Ulrike und klatschte in die Hände. »Abbauen, Kinder, packt eure Spielsachen ein, macht die Sandeimer leer, denkt dran, nicht so viel Sand mit ins Haus zu schleppen!«

»Haben Sie etwas dagegen, wenn ich mit Mattis schon mal vorausgehe?«, fragte Pascal und setzte sein charmantestes Lächeln auf. »Dann können wir unterwegs noch ein

Eis essen und ein paar Dinge unter Männern besprechen.« Er lachte und strich Mattis über den Rücken.

»Ehrlich gesagt ist mir das nicht so recht«, sagte Ulrike. Sie stemmte die Arme in die Hüften und beobachtete mit gerunzelter Stirn, wie die Kinder sich gegenseitig mit dem sandigen Spielzeug bewarfen und nasse Badesachen, Handtücher und sandige Backformen zusammen in Plastiktüten stopften. Hinter der Sandburg waren die beiden großen Bollerwagen geparkt, die sich nun schnell mit dem Gepäck füllten. Als sie sich wieder umwandte, hatte Pascal Mattis' Badesachen eingesammelt und wandte sich zum Gehen.

»Wir sehen uns sischer heute Abend noch einmal im Kurheim, nicht wahr? Jetzt gehen wir die Mama suchen.«

Mattis nickte mit geschlossenen Augen, ohne seine Umklammerung zu lösen. »Zu Mama gehen«, wiederholte er.

»Sag au revoir á Madame Ülrike«, sagte Pascal und bückte sich nach Mattis' Sandalen und seiner Jacke, die neben der Sandburg auf der Erde lagen. Dann schob er Mattis auf die rechte Hüfte und winkte der Erzieherin zu.

»Bis später«, rief Ulrike ihm unwillig nach. Es kam öfter vor, dass getrennt lebende Eltern es nicht schafften, ihre Ferien irgendwie vernünftig zu koordinieren. Aber es gefiel ihr trotzdem nicht, den Jungen einfach so mit einem Fremden weggehen zu lassen. Schließlich konnte es ihr aber auch egal sein. Wenn der Vater den Jungen abholte, was sollte sie dagegen unternehmen? Und dass er der Vater war, war ja unverkennbar. Die beiden sahen sich so ähnlich, wie nur ein Sohn einem Vater ähnlich sehen konnte.

Pascal stapfte mit seiner Last über den Sand davon. Er hatte seine Jeans hochgekrempelt, den Sweater über die Schultern gebunden und das bunte Sommerhemd darunter aufgeknöpft, seine langen Locken flatterten im Wind. Mattis hing noch immer um seinen Hals wie ein Tierbaby, das keinen Schritt allein tun konnte. Eher ungewöhnlich für einen Fünfjährigen, diese Anhänglichkeit. Aber vielleicht hatten sie sich lange nicht gesehen?

Während die Kindergruppe sich langsam und lärmend in Richtung Deichdurchgang in Bewegung setzte, umrundete Ulrike noch einmal nachdenklich die Sandburg, wie gewohnt nach vergessenem Spielzeug und Kleidern Ausschau haltend. Die Sonne sank bereits, sie würden heute alle zu spät zum Abendessen kommen. Schuld daran waren nur dieses herrliche Wetter und die zauberhafte Sandburg. Hoffentlich fing es in der Nacht nicht an zu regnen oder zu stürmen, sonst wäre morgen früh nichts mehr davon übrig.

Zum dritten Mal an diesem Abend war der Bahnsteig leer gefegt, alle Fahrgäste waren in den langen blau-gelben Waggons der Nord-Ostsee-Bahn untergekommen, wenn auch manche ohne Sitzplatz. Nur Pascal und Mattis waren nicht dabei gewesen. Nicht eine Spur von ihnen, nirgends.

Annika zerknüllte ihr Taschentuch, es war schon ganz nass, nahm keine Tränen mehr auf. Sie konnte es nicht glauben, dass ihr kleiner Liebling weg sein sollte. Seit über fünf Jahren waren sie Tag für Tag zusammen, kaum einmal getrennt und wenn, dann immer nur für kurze Zeit, maximal zwei Tage. Und immer hatten sie sich ausführlich verabschieden können, genau besprochen, wann sie sich wiedersehen würden und wie lange es bis dahin dauerte. Und nun war Mattis plötzlich weg, wie vom Erdboden verschluckt. Entführt nach Südfrankreich!

Ein neuer Tränenschwall überkam Annika, Verzweiflung ließ ihre Schultern beben. Klar denken konnte sie schon lange nicht mehr. Wie hatte das nur geschehen können? Während sie bequem auf der Strandpromenade gesessen und sich Sallys Räubergeschichten angehört hatte, mit einem Auge immer die Fußgängerpassage im Blick, in Erwartung der Kindergruppe, die vom Strand zurückkam, hatte sich Pascal schon längst an Mattis herangemacht und ihn einfach frech dort weggeholt.

»Der Kleine ist ihm gleich um den Hals gefallen«, hatte Ulrike Brüll, die Kinderbetreuerin, gesagt. Die dumme Kuh! »Was hätte ich dagegen sagen sollen? Dass es sich um Vater und Sohn handelte, war unverkennbar. Tut mir leid, aber ich konnte ja nicht wissen, dass Sie mit ihm zerstritten sind. Dann hätten Sie uns einen Sperrvermerk mitgeben müssen. So was gibt es, dass Kinder mit bestimmten Personen keinen Kontakt haben dürfen. Darauf müssen wir Betreuerinnen aber hingewiesen werden. Dass ein Kind einfach so abgeholt wird, ohne Erlaubnis der Mutter, ist bei mir noch nie vorgekommen.«

Nie vorgekommen – das stimmte ja nun eben nicht. Bei ihr war es ja gerade eben vorgekommen. Eine Kindesentführung war es gewesen, wenn man es genau nahm. Pascal musste mit Mattis vom Strand aus direkt zum Bahnhof gegangen sein. Er war nicht noch mal im Kurheim gewesen, um seine Sachen zu holen, sondern hatte den Kleinen so schnell wie möglich von der Insel geschafft. Nun saß er mit ihm vermutlich in diesem alten VW-Bus, mit dem seine Band früher auf Tour gefahren war. Auch sie selbst waren herumgefahren, zum Campen an den Atlantik, ans Mittelmeer, nach Spanien. Immer war etwas kaputtgegangen, oft hatte es Beinahe-Unfälle gegeben, weil der Bus anfällig für Aquaplaning war und so windempfindlich, dass man auf Brücken kaum ein Fahrzeug überholen konnte.

Die Bahnhofsuhr zeigte halb neun Uhr, der letzte Zug hatte vor knapp zehn Minuten pünktlich den Bahnhof verlassen. Außer ihr war nur noch ein alter Herr auf dem Bahnsteig, er saß auf einer Bank weiter oben zum Bahnhofsgebäude hin. Annika stand auf, räusperte sich, um ihre Stimme zu testen, und blieb vor dem Alten stehen. Er trug einen grau melierten Schnauz- und Kinnbart und sah aus wie ein pensionierter Lehrer.

»Wissen Sie, wann heute der letzte Zug aufs Festland fährt?«, fragte Annika.

Der Herr sah auf seine Armbanduhr, ein dicker, altmodischer Klotz. »Soweit ich weiß um null Uhr, junges Fräulein.«

»Ach je«, sagte Annika und spürte, wie ihr schon wieder Tränen in die Augen stiegen. Sie hätte gern hier gewartet, bis auch der letzte Zug abgefahren war, um ganz sicher zu sein, dass Pascal und Mattis nicht doch noch auf der Insel waren. Aber wenn so spät noch ein Zug fuhr, hatte das ja keinen Zweck.

»Und dann fährt der nächste morgen früh um ein Uhr. Aber der fährt nur bis Niebüll. Wo wollen Sie denn hin?«, fragte der Alte.

»Nirgends«, sagte Annika leise. »Ich suche meinen Sohn. Er ist vielleicht mit seinem Vater aufs Festland gefahren.«

»So, so, Vater und Sohn. Tja, einen Vater mit seinem Sohn habe ich vorhin abfahren sehen. Die kamen beide vom Strand, dieser Hippie mit den langen Haaren und der kleine Junge von vielleicht fünf Jahren. Wie alt ist Ihr Sohn?«

»Er ist gerade fünf geworden.«

»Dann werden sie es wohl gewesen sein. Der Vater hat ein buntes Hawaiihemd an und trägt lange Haare bis über den Kragen. Er hat französisch mit dem Jungen gesprochen.«

»Das war Pascal«, sagte Annika schnell. »Wann sind sie denn abgefahren?«

»Ach, schon lange her. Achtzehn Uhr zweiundzwanzig, würde ich sagen. Ich hatte den Jungen schon am Strand gesehen. Wollte ihm ein paar Muscheln geben, die ich gesammelt hatte. Hübscher kleiner Kerl. Aber da kam der Vater dazu. Später habe ich sie dann hier über den Bahnhof laufen sehen. Ohne Gepäck, nichts dabei. Ein Hippie eben, wie früher.«

»Pascal ist kein Hippie. Er ist Musiker.«

»Hippies hat es hier schon immer gegeben. Wird es auch immer geben. Wir waren ja auch mal jung. Aber nicht so, so nicht. Wie das mit den Kindern jetzt gehen soll – das frage ich mich manchmal. Vater und Sohn, das klingt gut. Aber so ein kleines Kind, das braucht doch seine Mutter, nicht wahr?«

Annika bedankte sich und ging langsam in Richtung Bahnhofsgebäude. Sie fühlte sich wie erschlagen, beraubt, wusste einfach nicht, was sie tun sollte. Schließlich suchte sie nach ihrem Handy, fand es in der Hosentasche. Sie wählte Hans' Nummer. Er war sofort dran.

»Was ist mit dir?«, fragte er erschrocken, als er ihre Stimme hörte. Sie hatte nur ins Mikro gehaucht.

»Mein Sohn«, sagte sie leise. Plötzlich fing alles an, sich um sie herum zu drehen, dann wurde es dunkel um sie.

Als Annika wieder zu sich kam, schaute sie geradewegs in Hans' blaue Augen, die zu besorgten Schlitzen zusammengezogen waren. Sie versuchte zu lächeln. Hans drückte ihr einen Kuss auf die Stirn. Als er sie wieder ansah, die Hände links und rechts von ihr aufgestützt auf die Steinfliesen vor dem Westerländer Bahnhof, waren seine Augen wieder groß und rund. Er lächelte.

»Da bist du ja endlich wieder«, sagte er.

»War ich denn weg?«, meinte Annika.

»Und ob«, sagte Hans. Er richtete sich auf und reichte ihr eine Hand. Der alte Herr mit dem struppigen Bart zog murmelnd weiter. Hans winkte einem Mädchen, das Annikas Handy aufgefangen hatte und ihm gesagt hatte, was passiert war und wo Annika lag. Dann hatte sie bei der Bewusstlosen Wache gehalten, bis er eingetroffen war. Er hatte nur wenige Minuten gebraucht, seine absolute Rekordfahrzeit, aber um diese Zeit herrschte kaum noch Autoverkehr zwischen Wenningstedt und Westerland.

Hans half Annika auf die Beine und brachte sie zu seinem Auto. Er schloss sorgfältig die Beifahrertür neben ihr. Ehe er losfuhr, sah er sie nachdenklich an.

»Ich glaube, du hast mir eine ganze Menge zu erzählen, meine Liebe.«

Annika schloss die Augen. Ihr Kopf schmerzte, sie musste auf den Steinen aufgeschlagen sein. Das Herz war ihr so schwer, wenn sie an ihren kleinen Mattis dachte. Nun war er schon unerreichbar weit fort, sicher schon hinter Hamburg. Die Uhr über Hans' Amaturenbrett zeigte kurz vor zweiundzwanzig Uhr. Keine Chance, ihn noch einzuholen, wie denn auch und womit? Selbst mit seiner alten Mühle müsste Pascal inzwischen ein paar hundert Kilometer Vorsprung haben.

Sie sah Hans traurig an und nickte. »Ja, das habe ich. Fahren wir zu dir? Ich muss auch nicht irgendwann nach Hause.«

»Du musst nicht arbeiten?«

»Ich arbeite gar nicht. Ich bin hier zur Kur.«

»Aha. Dann haben mich meine Augen also doch nicht getäuscht neulich, als ich dich im Mutter-Kind-Kurheim hinter einem Hortensienbusch verschwinden sah?«

»Nein«, sagte Annika matt. Sie fuhr dann lebhafter fort: »Aber ich habe mich auch sehr gewundert, dich dort zu sehen. Was hast du denn dort zu tun gehabt?«

»Ich hatte einen Termin.«

»Einen Termin? Und worum ging es dabei?«

»Interessiert dich das wirklich?«, fragte er.

»Wirklich«, sagte Annika ernst.

Hans startete den Wagen und wechselte vorsichtig vor der Ampel auf die linke Spur. Aber es waren gar keine anderen Autos unterwegs. Dann wandte er sich zu ihr um.

»Dann erzähle ich es dir. Aber erst mal brauche ich jetzt einen Drink. Und du vermutlich auch, oder?«

Kapitel vierzehn

Mattis, mein Schatz, wo bist du?«, flüsterte Annika leise in ihr Telefon, damit Hans nicht erwachte. Sie tappte aus seinem Schlafzimmer, einem großen, luftigen Raum, der sich über die ganze Giebelfläche des Bungalows erstreckte, deren Schrägen mit hellem Holz getäfelt waren. Außer dem breiten, bequemen Bett standen nur zwei oder drei kleine Sessel darin, und auf dem hellen Teppichboden waren ein paar dicke Kissen lose im Raum verteilt. Nachdem Annika sich von ihrer Ohnmacht auf dem Bahnsteig erholt hatte, hatte Hans sie zum Abendessen in die *Sturmhaube* in Kampen eingeladen. Es war ein zauberhafter Abend gewesen, warm und windstill, und die Sonne war vor ihren Augen mit einer wunderschönen roten Lightshow im Meer versunken. Noch lange danach standen Rottöne von Purpur bis Magenta am Himmel, ehe es richtig dunkel wurde. Zum ersten Mal hatte Annika bis zum anderen Ende der Insel gesehen, zumindest bis zum Klappholttal konnte man von dem exponiert hoch liegenden Restaurant in die Dünenlandschaft hineinschauen.

»Du warst noch gar nicht in List und am Ellenbogen?«, meinte Hans, der sich freute, dass sie sich nicht sattsehen konnte an der Sylter Landschaft. »Dann werden wir wohl am Wochenende mal hinfahren müssen. Dieser Teil der Insel gehört mir.« Er lächelte halb verschmitzt, halb ernst und griff nach ihren Fingern. Er bedeckte sie mit seinen großen, braun gebrannten Händen. »Hier habe ich als Junge jeden Winkel gekannt. Zu Fuß und mit dem Rad sind wir von morgens bis abends hier unterwegs gewesen, meine Freunde und ich. Wir haben uns Vogeleier gesucht, wenn wir hungrig waren, am liebsten die der Wachteln, die hier in der Heide brüten. Dann machten wir uns am Strand ein Feuer und haben sie in einer alten Fischdose gebraten.«

»Feuer am Strand? Das war doch bestimmt nicht erlaubt?«

»Erlaubt? Danach hat damals niemand gefragt. Nicht da, wo wir hingingen. Die Gäste blieben alle oben in Westerland und Wenningstedt, hier unten an unsere Strände kam niemand. Erst in den Siebzigern, als das Nacktbaden große Mode wurde, entdeckten die Leute, dass es hier unten auch noch schönen weißen Sand gab. Dann kamen sie immer weiter hier rüber, aber abends waren sie wieder weg, und der Strand gehörte uns. Ich glaube, noch heute ist es recht leer da unten, auch im Sommer. Das Meer spült immer genug Treibholz an, man sucht sich eine windgeschützte Ecke, und schon brennt das Feuer. In der Dämmerung gingen wir ins Wasser, so weit wie möglich, angelten uns Heringe und Makrelen und andere kleine Sachen. Die legten wir dann auf den Grill oder in die Glut. Wenn ich nach Hause kam, zu meinem Vater – das war nie vor zehn oder elf Uhr abends –, dann war ich so müde, dass ich sofort ins Bett ging und einschlief.«

»Und was sagte dein Vater dazu?«

»Mein Vater? Der war mit seinen Kumpels hier in der ›Strandhaube‹ oder oben in Kampen, im ›Ziegenstall‹ oder in einer der anderen Bars. Er kannte doch jeden hier, überhaupt war das eine verschworene Gemeinschaft, die Leute, die ständig hier wohnten oder sehr regelmäßig kamen. Alle kannten sich untereinander, die Promis und auch die echten Insulaner, das mischte sich damals noch. Es gab auch dauernd irgendwelche Affären untereinander. Dagegen ist es heute richtig langweilig und bieder auf der Insel geworden.«

»Aber du warst doch noch ein Kind, damals …«

»Ich war ein Jugendlicher. Wir haben schon kapiert, was läuft – aber es hat uns nicht interessiert. Mädchen waren noch nicht unser Thema. Darum habe ich heute so viel nachzuholen.« Hans grinste. »Ist das schlimm?«

Annika schüttelte den Kopf. »Und deine Mutter?«, fragte sie zaghaft.

»Geschieden«, sagte Hans. »Schon als ich ganz klein war. Ich bin mehr bei meinem Vater als bei meiner Mutter aufgewachsen. Nach der Scheidung schickten sie mich in ein Internat in Holstein, meine Mutter heiratete bald wieder und zog nach Bielefeld. Dort kannte ich niemanden, die Stadt langweilte mich. Kein Meer, kein richtiges Wasser. Ich hielt es da einfach nicht aus. Also bin ich in den Ferien lieber hier zu meinem Vater gefahren, habe mein Räuberjungenleben gelebt. Vater war prima, er hat sich quasi kaum um mich gekümmert. Einmal in der Woche sind wir einkaufen gefahren, haben den Kühlschrank vollgepackt. Dann ging er mit mir in Westerland ein Eis essen und fragte, ob mir irgendetwas fehlte, ob ich was brauchte: Klamotten, Nachhilfeunterricht, Aufklärung …«

Annika und Hans lachten.

Hans hob beide Hände. »Die brauchte ich schon damals nicht mehr, ich war sechzehn oder so, als er mich das fragte!«

Sie kicherten, bis die schick gekleideten Leute am Nachbartisch, die alle aussahen wie Tagesschausprecher oder berühmte Fernsehschauspieler, sich nach ihnen umdrehten. Annika war gleich aufgefallen, dass sie unpassend angezogen war. Sie hatte noch immer ihre hellen Ausflugshosen an, und ihr Sweatshirt war schon lange nicht mehr frisch. Hans trug Arbeitskleidung, einen dunklen Anzug und ein weißes Hemd. Die Krawatte hatte er abgebunden oder gar nicht erst dabeigehabt.

Aber für den tollen Ausblick und das hervorragende Essen konnte man die Snobs in der Nachbarschaft in Kauf nehmen. Die Kellner waren professionell und ließen sich nichts anmerken. Annikas Friesensalat – eine köstliche Mischung aus frischem Roggenbrot, Kresse, Radieschen und Krabben – ließ sie endgültig alles um sie herum vergessen. Sie spießte ein kleines Ei auf, das halbiert ein großes gelbes Dotter zeigte und nur einen schmalen weißen Rand.

»Sieh da, ein Wachtelei«, sagte Hans und balancierte eine Gabel voll handgepuhlter Friedrichskooger Krabben in den Mund, die ihm in einem extra Schälchen zu einer duftenden Kartoffelsuppe gereicht worden waren.

Annika zog ihre Gabel zurück. »Ein Wachtelei? Das darf man doch nicht essen, oder?«

Hans zuckte die Achseln. »Es ist bestimmt nicht von hier. Hier stehen die Wachteln unter Naturschutz. Es kommt vermutlich aus Ägypten oder was weiß ich. Es schmeckt gut. Und es kann jetzt sowieso nicht mehr ausgebrütet werden!«

Annika schob das halbierte Ei an den Rand ihres Tellers und piekte sich ein Stückchen Roggenbrot aus der pikanten Salatsoße. Bis auf diese Eier war das Abendessen schon ziemlich viel besser als das im Kurheim. Obwohl man sich dort auch viel Mühe gab.

»Und nun erzähl mir endlich, was du hier im Mutter-Kind-Kurheim machst und was heute mit deinem Sohn passiert ist«, sagte Hans schließlich und nahm einen großen Schluck Grauburgunder aus dem schmalen, vor Kälte beschlagenen Glas.

»Erst musst du mir erzählen, was du heute Nachmittag im Kurheim zu tun hattest«, entgegnete Annika und prostete ihm zu.

Mattis begrüßte Annika auf Französisch, wie immer, wenn er in Frankreich war. Obwohl er die beiden Sprachen gleichzeitig erlernt hatte, hielt er sie strikt getrennt. Nie mischte er in einem Satz deutsche und französische Vokabeln. Auch wenn Annika ihn in Frankreich auf Deutsch ansprach, antwortete er meist auf Französisch. Übersetzen konnte er noch nicht – dass ein Wort in der einen Sprache für ein Wort in der anderen Sprache stand, hatte er noch nicht durchschaut. Er sah verwirrt aus, wenn man ihn fragte, was »Uhr« auf Französisch hieße. »C'est ma montre«, antwortete er, wenn man auf seine neue Armbanduhr tippte. Oder er sagte: »Das ist meine Uhr.« Und er meinte damit die Gegenstände, nicht die Vokabeln.

»Mais je suis chez Papa et Mémé«, antwortete er jetzt auf Annikas Frage, wo er sei – er sei bei seinem Vater und seiner Großmutter. Dann erzählte er, was er eben gefrühstückt hatte: Blaubeerpfannkuchen und Kakao, Ziegenkäse mit Honig und frisches Baguette, das er zuvor mit Mémé zusammen beim Bäcker eingekauft hatte. Und heute Mittag würden sie im Gardon baden gehen. Es sei heiß, und die Grillen zirpten, sogar schon am Morgen. Das taten sie wirklich nur in Südfrankreich.

Annika hörte heraus, dass Mattis gut angekommen war, dass es ihm gut ging, das besänftigte sie. Er hatte also zwei Heimaten, so war es nun mal. So schnell ging das! Und er gehörte ihr nur zur Hälfte … soweit er überhaupt jemand anderem als sich selbst gehörte.

Seufzend beendeten Mutter und Sohn das Gespräch, nachdem sie sich noch ein paar Zärtlichkeiten zugeflüstert hatten. Annika versprach, jeden Tag mindestens einmal anzurufen. Und morgen oder übermorgen, nahm sie sich vor, würde sie ein sehr ernstes Wort mit Pascal sprechen.

Dann schlüpfte sie schnell in ihre Kleider, die im Wohnzimmer vor dem Kamin verteilt herumlagen, und machte sich auf den Weg zur Bushaltestelle, um so schnell wie möglich ins Kurheim zu kommen, wo sie eine Menge Neuigkeiten zu erzählen hatte.

Mindestens fünfundzwanzig Minuten musste Sally vor dem Behandlungszimmer von Frau Nickel warten, bis Olga endlich weinend das Zimmer verließ und Sally zu ihr hereingebeten wurde. Sie ließ sich in den Sessel fallen und fing sofort an zu reden, obwohl Frau Nickel noch in ihren Unterlagen herumsuchte, ehe sie sich langsam ihr gegenüber niederließ. Sie sah müde und abgespannt aus.

»Es tut mir leid«, fing Sally an, »ich hoffe, es hat niemand erfahren, was ich in letzter Zeit alles herumerzählt habe.« Sie machte eine zerknirschte Miene.

»Ich verstehe nicht ganz«, meinte die Psychologin. »Was sie mir hier erzählen, unterliegt meiner Schweigepflicht. Meinen Sie die Sache mit Tjorben und Ihrer Tochter?«

»Pssst«, machte Sally. »Nicht so laut. Es ist gar nichts, es stimmt nicht, verstehen Sie?« Sie wischte sich über die Augen und zog einen Streifen schwarze Wimperntusche über die Wange. Sie lächelte, aber dann kamen ihr plötzlich die Tränen.

»Es stimmt nicht?«, wiederholte Frau Nickel und hob die Augenbrauen. »Ihre Tochter Karla war also nicht mit einem Herrn auf ihrem Zimmer?«

»Doch. Aber es war kein Herr, eher ein Junge. Es ist nicht mein Tjorben, also nicht mein Bekannter hier, es war ein anderer Tjorben. Ein Jugendlicher, es war ganz harmlos, sie haben nur ein bisschen geknutscht. Er ist achtzehn, ich habe ihn inzwischen kennengelernt, es ist nur eine kleine Ferienfreundschaft. Der Name ist hier halt ziemlich häufig. Ich hatte ihn vorher noch nie gehört.«

»Okay«, wiederholte Frau Nickel. »Und was ist nun mit Ihrem Tjorben?«

Sallys Miene wurde weich. »Er hat sich gestern Abend endlich wieder gemeldet. Er war unterwegs, musste nach

Kiel und Hamburg, er hat eben viel zu tun. Er war ganz zauberhaft zu mir, wir waren im ›Seepferdchen‹ in Rantum, total schick.«

»Okay«, sagte Frau Nickel zum dritten Mal. Sie strich auf ihrem Notizblock herum und schloss für einen Moment die Augen. Dann hatte sie sich wieder gefangen und sah Sally mit ermutigender Miene an. »Dann sollten wir jetzt unser Abschlussgespräch Ihrer Kurbehandlung durchführen. Es ist heute unser letzter Gesprächstermin. Wie geht es Ihnen, was haben Sie hier für sich erfahren, was haben Sie vielleicht sogar verändern können – was nehmen Sie mit nach Hause?«

Sie lehnte sich zurück und ließ ihren Blick über ihren Schreibtisch gleiten, der hinter Sally stand, und auf dem der Brief mit der betriebsbedingten Kündigung lag.

Kapitel fünfzehn

Dass Jens Meierdirks Hans jemals sympathisch gewesen war, konnte er wirklich nicht sagen. Aber wenn er in seiner doch schon recht langen Anwaltskarriere nur Mandanten gehabt hätte, die ihm sympathisch waren, wäre er nicht weit gekommen. Inzwischen war er aber weit gekommen, ziemlich weit sogar. Er war ein Geheimtipp, nicht nur auf Sylt. Und nicht nur, weil Diskretion seine Stärke war. Genau wie für Ärzte, Pastoren und Psychoanalytiker galt für ihn als Anwalt Verschwiegenheitspflicht, und alles, was ein Mandant ihm anvertraute, war bei ihm so gut aufgehoben wie in einem Safe. Aber er war eben nicht nur verschwiegen, er war auch loyal. Er hatte gar nicht das Bedürfnis, über irgendetwas, was er im Rahmen seiner Arbeit erfahren hatte, mit jemand anderem zu sprechen. Er machte die Dinge gern mit sich selbst aus. Insofern war das Gespräch, das er mit Annika über seine Tätigkeit im Mutter-Kind-Heim geführt hatte, eine außerordentliche Ausnahme. Aber er war überaus froh, dass es diese Ausnahme gegeben hatte.

Meierdirks saß ihm gegenüber an dem schmalen, für Hans' Geschmack zu hohen Tisch des neu eröffneten Grills in Keitum. Er sah inzwischen aus wie eine dicke alte Kröte. Sein Lächeln, das nicht nur seine Lippen umspielte, sondern auch von den tief im Hautfett versunkenen Augen ausstrahlte, war sogar ernst gemeint. Meierdirks hielt sich selbst für einen guten Menschen, und er gab sich Mühe, diesem Selbstbild nach Möglichkeit auch zu entsprechen. Schließlich war er Sozialpädagoge, und zwar schon seit den siebziger Jahren. Damals war man noch wirklich motiviert gewesen, das Gute in jedem Menschen zu suchen und freizulegen. Und man hatte noch geglaubt, dafür sorgen zu können, dass jeder gut sein konnte, auch derjenige, dem das Schicksal jede Menge Knüppel zwischen die Beine warf. Er hatte Sozialarbeit auf der Straße gemacht, offene Drogenarbeit, er hatte ein Männerwohnheim in Hamburg geleitet, Sozialpolitik für Obdachlose betrieben. Dann war seine Ehe geschieden worden, und er hatte gelitten, wirklich gelitten. In dieser Zeit hatte Hans ihn kennengelernt. Jens Meierdirks war damals schon moppelig gewesen, hatte aber deutlich weniger Gewicht als heute auf die Waage gebracht. Er trug immer nur einfache Jeans und Flanellhemden, Sozialarbeiterlook, rauchte und trank zu viel und hockte gern nächtelang in Kneipen. So war er nach Sylt gekommen, hatte das Mutter-Kind-Heim übernommen und gut in Schwung gebracht. Die gute Belegung ergab sich auf dieser Insel zwar mehr oder weniger von allein, aber Hans hatte immer den Eindruck gehabt, dass Meierdirks wie ein Familienvater für die ihm anvertrauten Mütter und Kinder und die zahlreichen Mitarbeiterinnen und Mitarbeiter des Hauses sorgte. Irgendwann war er auf den Trip gekommen, das Laufen anzufangen. Er joggte morgens und abends über den Strand, hörte auf zu rauchen und zu saufen, rasierte sich regelmäßig und kaufte sich schicke Klamotten. Bald ging er mit einer Lokalpolitikerin aus Schleswig-Holstein aus. Die hatte natürlich ein dickes Landhaus in Kampen, dann zwei, dann drei. Irgendwann hatte Hans aufgehört, diese Immobilienkäufe zu verfolgen. Und auch die Beziehung zwischen Meierdirks und der Dame interessierte ihn nicht mehr, er hatte genug mit sich selbst, seiner schwierigen Ehe und der wachsenden Familie zu tun gehabt. Inzwischen waren die beiden längst wieder getrennt. Meierdirks hatte seinen alten Umfang wieder angenommen, und die Drei-Tage-Bartstoppeln sprossen wieder in seinem Gesicht. Nur sein Haar war jetzt schütter und grau, und die Jeans und Flanellhemden waren endgültig den teuren Anzügen gewichen. Vor einigen Jahren hatte Meierdirks die Heimleitung abgegeben und war in die Vorstandsarbeit des Trägerverbands aufgerückt. Aber auf Sylt hatte er immer noch seine Finger im Spiel.

Vor ein paar Monaten war er nach langer Zeit mal wieder bei ihm aufgetaucht. Es ging um eine heikle Vertragsangelegenheit, einen Immobilienkauf von einer Erbengemeinschaft. Da sein Jugendfreund Tjorben der Käufer war, hatte Hans sich breitschlagen lassen, die Vertragsverhandlungen zu führen. Das meiste war schnell geregelt, es gab nicht mehr viel zu tun für den Anwalt. Seitdem waren Meierdirks und Tjorben öfter an ihn herangetreten, damit er sie beriet. Er tat es jedes Mal mit ungutem Gefühl. Denn eins machte ihn immer wieder stutzig bei diesen Geschäften: der Kaufpreis. Der war nämlich meist extrem viel zu niedrig für die jeweilige Immobilie.

Als Meierdirks nun vor Kurzem wegen des Verkaufs des Mutter-Kind-Kurheims in Westerland bei ihm ankam, hätte er das Mandat am liebsten abgelehnt. Neugier war es, wenn er sich selbst gegenüber ehrlich war, was ihn getrieben hatte, dennoch in die Unterlagen zu schauen. Wie erwartet ging es wieder darum, ein ausgezeichnetes Grundstück zu einem Dumpingpreis zu veräußern. Begründet wurde dieser Preis mit dem maroden Zustand des Hauses, und dafür gab es Gutachten, die Tjorben bei einem Kollegen eingeholt hatte. Das alles roch stark nach Immobilienspekulation … aber Hans war Jurist, kein Moralapostel. Sollte er sich wirklich mit den beiden alten Kumpels deswegen anlegen? Wenn der Trägerverband jemanden wie

Meierdirks in den Vorstand holte und ihn dort krumme Geschäfte machen ließ, war das schließlich dessen Entscheidung. Hans prüfte sämtliche Vertragsklauseln und versuchte, die Sache zu vergessen.

Aber dann gab es dieses unangenehme Gespräch mit der jetzigen Heimleitung. Die Informationen, die Susan Leuwerik und ihr Sohn vor ihnen ausbreiteten – Verdacht auf fingierte Gutachten und manipulierte Kostenvoranschläge –, hatten ihn wie eine Faust in den Magen getroffen. Endlich bohrte mal jemand nach und ließ sich nicht einfach so über den Tisch ziehen. Von Gerichtsverhandlungen gewohnt, jeden Angriff mit einem Gegenangriff zu parieren, hatte er reflexartig seine Mandanten verteidigt. Ob sinnvoll und nachhaltig, bliebe abzuwarten, aber erst mal war die Leuwerik eingeknickt. Meierdirks hatte sofort übernommen und sie mit wilden Drohungen weiter eingeschüchtert. Fakt war, dass das Haus vom Trägerverband verkauft werden würde, daran führte kein Weg vorbei. Und dass das Kurheim geschlossen werden würde, war ebenso sicher. Es sei denn, es würde ein Wunder geschehen.

Hans lehnte sich zurück, um Platz zu machen für das Essen, das auf riesigen weißen Tellern vor ihnen serviert wurde. Meierdirks war Fleischfan, darum vermutlich hatte er hierher in den neuen Grill eingeladen. Blutige Roastbeefs lagen auf ihren Tellern, dazu gab es ein interessant gewürztes Champagner-Sauerkraut und Kartoffelpüree. Das Bier war kalt und perlte, die Musik tönte diskret und belanglos im Hintergrund. Etwas zu viel Personal wirbelte um ihren Tisch herum, aber das lag wohl daran, dass sie bisher noch die einzigen Gäste waren. Der Laden war neu, und es war noch relativ früh am Tag für ein Mittagessen. Als das Personal endlich abgezogen war und alle drei anfingen, zu essen, schaute Meierdirks Hans mit diesem professionell herzlichen, teilnehmenden Blick an.

»Nun, Hans, was drückt dich, dass du uns heute noch mal zusammengerufen hast?«, fragte er und nahm einen langen Zug aus seinem Bierglas.

Hans legte sein Besteck zusammen. Das Fleisch war ihm zu blutig und zu fest. Er hatte sowieso keinen Appetit.

»Ist es richtig, dass Tjorben das Kurheim kauft, um es anschließend ohne einen Cent Gewinn weiterzuverkaufen an eine bekannte Schleswig-Holsteiner Politikerin, die es abreißen lassen wird, um dann ein hochpreisiges Apartmenthaus auf das Grundstück zu stellen?«

Tjorbens Gabel mit einem großen Fleischbissen blieb auf halber Strecke vor seinem Mund in der Luft stehen. Dann fasste der Klempnermeister sich wieder und stopfte sich das Fleisch zwischen die Zähne. Er kaute bedächtig, während Meierdirks Hans sorgfältig musterte und dann ebenfalls sein Besteck zusammenlegte.

»Das ist ein überaus … interessantes Thema, Hans«, fing er an.

»Das ist nicht mehr nur miese Spekulation mit einer wertvollen Immobilie, sondern Korruption«, fiel Hans ihm ins Wort. »Es ist reine und einfache, total unverdeckte Korruption. Du hast dasselbe Parteibuch in der Tasche wie diese Dame. Es gibt Zeugen für eure Absprache, ich habe mir erlaubt, mich ein wenig umzuhören.«

Meierdirks gefror das joviale Lächeln im Gesicht. Von einer Sekunde zur anderen wurden seine Augen stahlhart und kalt, ein Wechselspiel ohne Übergang.

»Zeugen?«, wiederholte er. »Du hast Zeugen befragt?«

»Ich habe gesagt, dass es Zeugen gibt. Nicht, dass ich sie aufgesucht oder befragt hätte.«

»Da bin ich aber jetzt erleichtert, Hans.« Meierdirks lehnte sich zurück und faltete die Hände über der beträchtlichen Rundung seines Bauches. Er atmete schwer aus, die Vorwürfe schienen ihn zu treffen. Er gab sich verletzt. Er hatte Vertrauen zu Hans. Ein Vertrauensbruch war eine tiefe Verletzung. Aber darum ging es offenbar nicht. Worum ging es dann? Er stellte Hans genau diese Frage.

»Worum es geht, habe ich dir gerade gesagt. Ihr beide seid dabei, euch des Vorwurfs der Korruption schuldig zu machen. Ich sehe es als meine Pflicht als euer Anwalt an, euch das zu sagen.«

»Ich verstehe überhaupt nicht, worum es hier geht«, brüllte Meierdirks plötzlich los. Nun legte auch Tjorben sein Besteck beiseite, obwohl sich noch ein großes Stück Fleisch auf seinem Teller befand. Das Personal, das unweit ihres Tisches hinter dem Tresen beschäftigt gewesen war, zog sich blitzschnell in die hinteren Gefilde des Restaurants zurück und überließ die drei Herren sich selbst. Die Musik wurde merklich lauter gestellt.

Hans beugte sich vor und stützte sich mit den Ellbogen auf der Tischplatte ab.

»Meierdirks, hör zu. Ich sage dir, dass du fertig bist, wenn die Leuwerik erfährt, was ich erfahren habe, und wenn sie es wagt, es gegen dich einzusetzen. Und das wird sie wagen, denn die Frau hat das Zeug dazu. Und sie hat nichts zu verlieren. Sie wird dir als Erstes nachweisen, dass du das Kurheim über Jahre hast verkommen lassen und – sagen wir mal – unwirksame Gutachten und Kostenvoranschläge in Auftrag gegeben hast. Sie wird dir zweitens nachweisen, dass du vorhast, die Immobilie an eine hochrangige Politikerin zu verschachern, die dasselbe Parteibuch in der Tasche hat wie du. Die Frauen, die in dem Kurheim arbeiten, könnten sich entschließen, um ihre Arbeitsplätze zu kämpfen. Weißt du, was dann passiert? Sie werden diese ganzen unguten Geschichten ans Licht der Öffentlichkeit zerren. Und was das bedeutet, kannst du dir sicher ausmalen.«

»Natürlich kann ich das. Ich habe das Risiko abgewogen.«

»Du hättest es fürchten sollen«, sagte Hans lächelnd. »Nichts ist stärker als eine geschlossene Front von Arbeitnehmerinnen und Arbeitnehmern, die nichts zu verlieren haben. Denn so ist die Lage für alle die achtzehn Leute, die in dem Heim arbeiten. Sie werden nichts Neues finden hier auf der Insel. Sie haben nichts zu verlieren.«

Tjorben nickte. »Da hat er recht.«

»Und richtig ist auch«, fuhr Hans fort, »dass alles das zusammen ausreicht, um dich deinen Kopf zu kosten, mindestens aber deine Wahl in den Vorstand des Trägerverbands. Und deine Politikerkarriere kannst du auch gleich abhaken.«

Meierdirks' Lider flatterten. Er war erst hochrot geworden, jetzt wurde er leichenblass. »Was schlägst du vor?«, fragte er schließlich leise.

Hans lehnte sich zurück. Eine vorsichtige Kellnerin schaute um die Ecke und fragte, ob sie die Teller abräumen könne. Hans nickte. Auf ihre Frage, ob es geschmeckt habe, erhielt sie keine Antwort.

»Ich nehme an, dass der Verkauf des Hauses beschlossene Sache ist«, sagte Hans.

Meierdirks nickte. »Die Kündigungen sind schon rausgegangen.«

»Ich kaufe das Haus«, sagte Hans.

»Wie bitte?«, fragte Tjorben. »Du?«

»Ja, ich. Und dann sehen wir weiter.«

Die steile Falte auf Meierdirks' Stirn verschwand schlagartig und sein freundliches Sozialarbeiterlächeln kam zum Vorschein. Er war schlau genug, um sofort zu verstehen, was das für ihn bedeuten könnte.

»Hans«, sagte er mit sonorer Stimme. »Das ist ein echter Freundschaftsdienst.« Er streckte ihm die Hand über den Tisch zu, aber Hans ergriff sie nicht.

»Du täuschst dich, Meierdirks. Ich werde das Heim weiterbestehen lassen. Ich finde schon einen neuen Träger – bei diesem lachhaft niedrigen Preis! Ich finde, wir können so ein Mutter-Kind-Heim in Westerland weiterhin bestens brauchen. Teure Eigentumswohnungen hingegen haben wir schon viel zu viele hier auf der Insel.«

Meierdirks ließ die Hand sinken. Die Falte erschien wieder auf seiner Stirn. Das Lächeln erlosch und machte der Miene eines geschlagenen Soldaten Platz.

»Ich werte das jetzt mal als Zustimmung«, sagte Hans aufgeräumt und winkte, um die Kellnerin wieder an den Tisch zu rufen. Er bestellte die Rechnung. »Ich werde die Verträge entsprechend ändern lassen, und dann hoffen wir, dass die Sache schnell über die Bühne geht. Ich informiere noch heute die Heimleitung, okay?«

Meierdirks starrte auf die leere Tischplatte. Dann sagte er leise: »Okay, du hast gewonnen. Für dieses Mal.«

»Und ein weiteres Mal wird es nicht geben. Ich betrachte unsere Zusammenarbeit hiermit als beendet. Der Herr dort wird bezahlen«, sagte Hans an die Kellnerin gewandt und erhob sich. »Ich wünsche noch angenehmen Tag.«

SCHLUSS

Das Feuer wurde vom Wind angefacht und flackerte kräftig in der Nord-West-Brise, bis Hans und Annika sich in den Wind setzten und es mit ihren Rücken beschützten. Ein paar Sturmwolken zogen langsam ab gen Süden, das Meer wurde ruhiger, und vielleicht würde das Wetter mit der untergehenden Sonne wechseln und wieder eine milde Sommerabendstimmung hervorzaubern. Bis dahin musste die Glut groß genug sein, damit sie die beiden frischen Makrelen darauf rösten konnten, die Hans in einer Kühltasche neben diversen Dosen Bier und einem Baguette mitgebracht hatte. Sie hatten weit laufen müssen, bis hinter die Restaurants von Buhne 16, um einen Platz zu finden, der halbwegs so menschenleer und verschwiegen war wie früher.

»Und Frau Leuwerik hat es wirklich schon allen gesagt, auch euch Gästen?«, fragte Hans.

»Aber ja! Sie hat sogar Sekt ausgegeben, für alle, die da waren. Es war eine Stimmung, das kannst du dir nicht vorstellen – wie Weihnachten und Silvester an einem Tag. Alle sind so glücklich! Aber niemand kannte dich – wie kommt das eigentlich?«

Hans zuckte die Achseln. »Du weißt doch, ich bin am liebsten allein – mit dir.«

Annika rammte ihm ihren Ellbogen liebevoll in die Seite. »Es kennen sich doch sonst alle hier auf der Insel. Nur dich kennt niemand.«

»Sie werden mich schon kennenlernen. Ich habe gleich für morgen früh einen Termin mit Frau Leuwerik abgemacht. Ich muss mir erst mal ihr Vertrauen wieder erarbeiten. Und dann werden wir gemeinsam nach einer Lösung suchen.«

»Wie hast du das bloß gemacht!«, staunte Annika zum wiederholten Mal.

Hans erhob sich und legte Holz nach, das sie unterwegs am Strand gesammelt hatten. »Berufsgeheimnis. Was gibt es Neues von Mattis in Frankreich?«

»Er ist glücklich, glaube ich«, sagte Annika verhalten.

»Aber du bist nicht glücklich?« Hans setzte sich wieder zu ihr und legte seinen Arm um ihre Schultern. Der Wind ließ tatsächlich merklich nach.

»Ich weiß nicht«, sagte Annika.

»Es ist doch gut, wenn ein Kind zwei Elternteile hat, nicht nur eins, meinst du nicht? Für ein Baby mag es genügen, nur eine Mutter zu haben oder jemand anders, der sich intensiv kümmert. Aber ab drei oder vier brauchen Kinder mehr als eine gute Mutter. Sie brauchen auch Männer.«

»Natürlich«, sagte Annika. »Das weiß ich ja. Das Problem war ja auch eher, dass Pascal sich leider nicht um seinen Sohn gekümmert hat.«

»Nun kümmert er sich jedoch. Und du solltest ihn nicht wieder davon abhalten.«

»Aber er hat Mattis entführt.« Annika spürte, wie der Zorn wieder in ihr aufstieg. »Er hat sich nicht an unsere Absprachen gehalten. Das geht nicht.«

»Natürlich nicht«, sagte Hans. »Aber das werden wir ihm schon noch austreiben.«

Annika sah Hans an. »Hast du eben ›wir‹ gesagt?«

Hans grinste. »Natürlich habe ich ›wir‹ gesagt.«

»Und du meinst damit uns beide?«, fragte Annika.

»Uns beide, ja klar«, sagte Hans. »Hans Hubert und Annika Gosch.«

»Und was willst du damit sagen?« Annikas Augen leuchteten.

»Nichts Besonders. Nur dass ich es prima finde, ›uns‹ und ›wir‹ zu sagen und mir dabei vorstelle, wie wir zusammen hier auf der Insel leben und Fische grillen …«

»… und Kurheime retten …«

»… und Kinder durcheinanderwürfeln …«

»… und Menschen durcheinanderwürfeln …«

»… und uns durcheinanderwürfeln … zum Beispiel heiraten würden, irgendwann …«

»Und Hubert heißen?« Annika kicherte.

»Halt die Gosch«, sagte Hans drohend, und dann rollten sie ausgelassen durch den Sand.